山／纹／阅／读

山纹，木之纹理。随着年月的绵延，圈圈积淀。

. . . . .
. . . . .

山/纹/阅/读

▼

世情逐云系列

SHIQING ZHUYUN XILIE

酉长有德 著

狗耳朵里的秘密

天津出版传媒集团

天津人民出版社

图书在版编目（CIP）数据

狗耳朵里的秘密 / 酉长有德著. —— 天津 : 天津人
民出版社, 2017.10（2021.1重印）
（世情逐云系列）
ISBN 978-7-201-12252-6

Ⅰ.①狗… Ⅱ.①酉… Ⅲ.①短篇小说 – 小说集 – 中
国 – 当代 Ⅳ.①I247.7

中国版本图书馆CIP数据核字(2017)第201827号

狗耳朵里的秘密
GOUERDUO LI DE MIMI
酉长有德 著

出　　版	天津人民出版社	
出 版 人	黄　沛	
地　　址	天津市和平区西康路35号康岳大厦	
邮政编码	300051	
网　　址	http://www.tjrmcbs.com	
电子邮箱	tjrmcbs@126.com	

责任编辑　　张　凯
特约编辑　　李　路　吴珊珊
封面设计　　金钻传媒
排版设计　　西橙工作室

制版印刷　三河市天润建兴印务有限公司
经　　销　新华书店
开　　本　660×960毫米　1/16
印　　张　14.5
字　　数　168千字
版次印次　2017年10月第1版　2021年1月第2次印刷
定　　价　45.80元

contents | 目录

壹 / 世情百态

贰 / 生活小品

叁 / 武侠情缘

肆 / 迷案追踪

世情百态
SHIQING BAITAI

「三独」抓逃犯

列车徐徐地进了列布兹站，旅客们先下后上，等下车的旅客下完后，上车的，便开始排着队有序地上。这时，在几个车门前，都有一个很特别的乘客，夹在人群中上了车。他们中间，有一个个头很高，戴着顶旧礼帽，但却是个瘸子，只有一条独腿；有一个腰宽膀圆，虎背熊腰，但却只有一只手，是个独臂；还有一个一表人才，西装革履，可惜，却只剩一只眼睛，是个独眼。这三个人虽然是从不同的车门上的车，但上车后，却推推搡搡、跌跌撞撞着，渐渐地进了同一节车厢。

一声汽笛，列车继续前行。

这时，独眼干咳几声站了起来，抱着拳四下拱了拱，说道："各位旅客，大家好，我们哥几个抢过劫、打过架、坐过牢、劳过教——"见大家被他的这几句没头没尾的话"骇"出了一脸的恐惧表情后，他得意地一笑，继续说："不过，请大家放心，我们今天一不打，二不抢，要靠卖艺来赚钱，请大家捧捧场。"独眼又顿了一下："等我们表演完了，各位给个赏钱就成，10块不多，5块不少，不过，各位听了，不要装着睡觉没听到。"他前面一说完，后面独腿便站了起来，支着拐杖，前后左右地鞠了个躬，然后，又拱了拱手，说："在下唱得不好，请多包涵。"说完，扯着嗓子，唱起了《山路十八弯》。这原本是中国前几年一次春节联欢晚会上一个年轻歌手唱的，没想到，不仅在中国很是红火，在这异国他乡，居然也有人会唱。可是，独腿唱的那调不是调，腔不是腔，唱得就像那歌名，跑了十八个弯，听得人汗毛直竖，牙板发紧。好不容易一曲完了，独臂接着又站了起来，也是四下拱了拱手，所不同的是，他只有一只手，因而那拱的姿势很滑稽，引得几个不懂事的小孩"哈哈"地笑了起来。然后，他张开嘴说："下面，我来给大家表演一段快板吧。"说完，从屁股后头还真的抽出了一块竹板，打奏了起来。只是，他打的那板，却简直是三岁小孩打着玩儿的，根本就没有那快板的味。可他却毫不在意，还一边打一边龇着个大门牙，一个劲地捏着嗓子念叨着词，听得叫人胃里的酸水直往上冒。

看着他们三个人的德行，除了那几个不懂事的小孩笑几声外，其他的，没有一个敢吱声说句什么。独臂"演"完后，独腿便又抱了抱拳，四下里拱了拱，说："现在，请大家给赏个钱吧，赏过了，我再给大家表演，来个压轴的。"说完，独臂和独眼便从座位上拿了顶独腿原先戴在头上的旧礼帽，从前往后，收起"赏"来；而独腿，却从屁股后头也不知是从兜里还是从袋里摸出了一把明晃晃的刀子，又弯身从座位上拿起一个苹果，有一块没一块地削了起来，但眼睛却盯着独臂和独眼他们。

　　第一位挨"赏"的旅客是个中年人，二话没说，掏了10欧元，放进了独臂伸过来的帽子里。第一个开了头，下面，就顺畅多了，尽管一个个都憋着气、瞪着眼一脸的怒容，可是，没人敢说。眼看着这一节车厢就要搜完了，可是，那倒数两排的两个人，却给他们带来了麻烦。一个是倒数第一排的，就一个座，座上一位长者，头上戴着一顶礼帽，眼上戴着一架墨镜，耳朵上还戴着一副助听器，白髯飘飘，坐在那不动不摇、不惊不诧，一手揣在怀里，一手插在袋里，一脸的漠然；另一个，是倒数第二排靠外坐着的，是个中年人，略略有点发胖，剃着短发，干脆视而不见，充耳不闻，趴在桌上，睡了。坐在短发里边的，是一个女孩，约十八九岁，估计是个学生，她一会儿望望独臂他们，一会儿又望望身边睡着的短发，一副不知所措而又显惶恐的纯真样子。

　　独臂先是用帽檐碰了碰短发，短发没反应。独眼便走上前来，用手拨了拨他的头，边拨边说："嘿，嘿，先生，到你了。"谁知，短发却突然一抬头，睁着一双愤怒的眼睛，猛不防，抬起一脚，竟将独眼一下踹了个倒栽葱，趴在了过道里，同时，又反手一拨，将独臂一下推出了好几尺，"噔噔噔"，一屁股跌坐在了那长者的脚边；并且大声疾呼："旅客们，这是劫匪，一起动手，抓啊！"可是，除了坐在后面的那位长者外，其他的旅客均你望望我，我望望你，面面相觑；有几个年轻点的想站起来，但见别人没动，想想又坐了回去。这突然的变故，开始，独腿他们还真有点"惶"然；但现在，见这阵势，独腿明白了：没人会出头的。于是，凶狠地瞪视了一圈车厢，然后挤上前来，举起拐杖，就向短发打去。短发一闪身，那拐杖竟变成了打向后面的长者。乘客们不禁一声惊叫："快躲开。"可是，那长者却不慌不乱地一伸左手，竟抓住了正劈向他的拐杖，然后往怀里一带，另一只右手乘势便伸了出来要掴他的耳光。但就在这一瞬，奇迹发生了。短发突然一伸手，却不是去抓独腿，而是反扣了那长者掴向独腿的手腕，独腿竟借着长者将他往怀里带的巧劲，顺势也一把扣住了他的另一只手，而那个跌坐在地上的独眼，却一下抱住了长者的双腿。与此同时，独臂迅速起身，扑过去，用膝顶住了他的胸，用手摁住了他的头。而那个学生女孩，则也跳将起来，越过座椅，从后面一手勒住他的脖子，一手一下扯了那长者的胡须。于是，旅客们刚才惊愕的嘴还没来得及合上，便又发出了一阵惊叹，哪知，那个胡须，是假的。这时，独眼调整好身姿，从长者下身开始向上搜查，一会儿，便从他身上缴下了两把手枪，接着又"嘶"地一下，撕开他的上衣，小心地解下了捆在他腰上的两颗揭了盖的手榴弹。

原来，那位假冒的长者，竟是前不久震惊全国的特大持枪抢劫杀人犯，警察几次拘捕，均被他狡猾地逃脱了。这次，列布兹警方接到通知，说逃犯最近有可能在那里出现，请他们务必做好准备，配合特警，一举擒获。昨晚，他们又接到命令，说逃犯已乘上列车，正向南方逃窜，他很狡猾，不仅身上有枪，而且贴身还藏有爆炸物。由于考虑群众的安全，特警几次行动都失败了，因此要求列布兹警方立即行动，周密部署，力争在列布兹段"智取"，将其擒获；同时，告知了逃犯现在的化装特征以及具体位置。接到命令后，列布兹警方马上召开相当于中国的"诸葛亮会"，商讨"智取"方案，最后，确定了由布朗局长亲自出马，带领"三独"和一名实习生"警花"卡玛，来完成这个任务；至于为什么选中了"三独"，除了便于行动外，他们的"独"，便代表了他们过去光荣的历史。为了麻痹敌人，布朗局长早就在前方车站带着警花卡玛上了车，并选好了坐在逃犯前面的座位。待到列布兹站时，"三独"才上，并表演了上面一段"卖艺"场景。

将逃犯铐好押住后，布朗局长这才转过身来，向乘客表示歉意，说："让大家受惊了，刚才的钱，等下由乘警还给大家。"一句话，说得大家都低了头。布朗局长见此，笑了笑说："我知道大家此时的心情，但我相信，下次再遇上歹徒，你们一定会挺身而出，勇敢上前，共同打击犯罪！"话音一落，车厢内立即响起了一阵热烈的掌声。

胸罩挂在了门上

　　住在杉河镇上街头的孔老歪难得地起了个大早，也难得地挑着水桶去河边担水。因为平日，他可是真正的"两袖清风"，油瓶倒了也懒得去伸手扶；只因今儿个在省城读大学的儿子要回来，而且写信说还要带几个同学一道。孔老歪就想，这同学当中说不定就会有女的，而这女的当中，说不定就会有他儿媳妇。于是，他要趁早将水缸挑满，然后去上街头，请上几个乡干部中午一道来家坐坐，算是替儿接风，同时也是在儿子同学面前显摆显摆，看他老爸多有面子，连乡干部都请得动；再转到车站，去接儿子。虽然儿子说约10点才能到家，但孔老歪想，凡事早作打算不吃亏。

　　孔老歪挑着两只水桶，荡呀荡地便来到河边，上了水跳，将扁担在肩上比了比，以便好掌握重心。可就在弯腰的一刹那，借着还不太亮的天色，他看见有块脸盆大小的白花花的东西被水跳挡住了，在那浮呀浮的。于是，他便伸过桶去。原本是想用桶将那物划开，好打水，哪知，这一划不打紧，却将孔老歪吓得"妈呀"一声扔了桶，一跳两跳地窜上了岸。怎么了？原来那白花花的，竟是一具裸尸的屁股。孔老歪跳上岸，惊得变了调的一声嘶叫，一下子引来了好几个人，有的边跑边扣着纽扣，有的边跑边套着鞋，你问我我问你"发生了什么"地向孔老歪这边跑来。而孔老歪呢，惊魂未定，嘴巴一个劲地哆嗦，连不成句，只用手指着河面。人们这才发现了裸尸。

仗着人多势众，有几个胆大的，便捞起孔老歪扔在一边的担水扁担，踏上水跳，将尸体挪拢了岸，发一声喊，拖了上来。再一看，竟是一具年轻的女尸。于是，人们不免又是一番议论猜测。不知是谁家妮子有什么事情想不开，寻上了这条路；也有人干脆说，不定是被抢了钱财或掠了身体而杀人灭口来着等等，不一而足。但当人们这么七嘴八舌议论着的时候，孔老歪已由最初的不知所措变得渐渐冷静下来，毕竟人家家里出过大学生，他想：不管是自杀还是他杀，都必须得马上报告乡政府。于是，还在人们议论纷纷时，他急忙转身，沿着河岸向上街头跑去。

跑着跑着，又出鬼了，只见一大帮子人正围在前面指指戳戳，说东说西的。孔老歪搭眼看了一下，那不是乡政府干部住宿区吗？再辨一下，人们围着的，正是副乡长王经明家的后门口。有热闹，孔老歪是不会放过的，况且，他还正要找乡干部呢。于是，也不管三七二十一，扒开人群，就往里钻。

好不容易挨到了最前面，孔老歪一看，不禁又是一阵讶然。只见王经明副乡长的后门上，竟挂着一副女人用的胸罩和一件女人才穿的短裤。"这就奇了！"孔老歪想，"下街头发现了裸体女尸，上街头却发现了这物什，两样，是不是有什么联系？"

孔老歪还没想明白是怎么回事，派出所的张所长便也赶到了。他起先也是一边轰着人群："散了，散了，有什么稀罕？"及至来到跟前一看，也诧了。但只是一下，马上他又转过身，说："这是哪家娃没事把他妈妈的小衣服挂到这来了？"然后，就朝大伙儿作哄赶状，说："该干吗干吗去，这玩意儿有么子看头。"听到这，孔老歪想起自己是干吗来了，忙走上前，压了压声音，告诉张所长，下街头河边发现了一具裸尸。张所长一听，脸色立即凝重起来，对孔老歪正色道："老歪，这七早八早的，人命关天，兴不起玩笑的噢。"孔老歪就拧了拧脖子，心想：我好心好意来报案，你个所长怎么能说我是开玩笑！于是，就拉下了脸，说："谁还拿这事情与你所长开玩笑。"张所长见孔老歪老大的不高兴，自觉言辞有失，忙赔个不是，笑着说："走，我们一起去看看。"可孔老歪却并不急着走，他指了指挂在门上的胸罩和短裤，说："说不定这就是那个死了的妮子的呢。"张所长噎了一下，但立即省悟，忙掏出对讲机，将其他几位警员全都呼了过来，让拍了照，摄了像，这才交代留下一名警员照顾一下现场，并同时注意一下王经明的反应，其余的便随他一起，在孔老歪的带领下，向下街头走去。

当张所长他们赶到时，围观的人群中，早有人认出了死者是乡广播电视转播站聘请的那个漂亮妹子，人称乡花的播音员樊筠。

几乎没费什么周折，很快查明那挂在王经明门上的胸罩和短裤，正是樊筠的。只是，让张所长感到困惑不解的是，这么一个漂亮妮子，怎么说投河就投河了呢？这之前，可是什么也没听说过的呀；再说，投河就投河吧，干吗还要将那胸衣短裤挂到人家乡长门上呢？难道她这是在说，她的死，与王经明有关？于是，虽然经公安局赶来的技术专家鉴定，樊筠确系溺水自杀身亡，王经明也三番五次地摊着双手说他也不明就里；事情到此似乎已是没什么可查的了，再查，便有"无事生非"之嫌。但正值年华含蕊的樊筠有什么理由要自杀呢？凡自杀，任何人都会有他自杀的理由的，或来自自身万念俱灰，或来自外在意志尽摧，那么樊筠的理由是什么呢？并且她的胸罩短裤怎么会挂在王经明的门上？张所长还是一直被这个问题困扰着。

好在没多久，事情便有了来龙去脉。

近来一直磕磕碰碰的王经明夫妇，那天终于大打出手。邻居们都是乡干部，平时两口子吵吵闹闹大家都不便插手，可今天有点儿特别，先是叽叽呱呱地吵，然后是叮叮咣咣地砸，再接下来，两人竟演起了"大决战"，等到邻居们感到不对头赶过去时，王经明已是"满面生花"，而他老婆，则已被他掐得眼珠翻白，差那么一点儿就没了气。乖乖，是什么事情让王经明差点儿成了杀人犯。等他老婆喘过气来，一边拍着地下一边拍着大腿地哭诉，人们才明白。原来，那樊筠临死挂在他家门上的胸罩，竟与王经明出差带给她的那件一模一样，因为当时出了人命案，他老婆还算聪明，没敢闹，等事情过去了这许多天后，她一口气实在咽不下，便开始要王经明给她一个合理的解释。不提则已，一提，王经明就发火，提一次，发一次。一个女人再能忍，但对这样的事，是忍不住的。于是，发一次，他们便吵一次。就这样，近来他们几乎每天都要"演练"一番。直到今天，他老婆醒来，说昨夜做了一个梦，那樊筠托梦给她，说王经明早就与她有一腿，每次出差买东西，都是她们俩一人一样，包括那件挂在门上的胸罩；她虽然死了，但那挂在门上的胸罩短裤，便是她的阴魂，她会时时跟随着王经明的。说完便倏忽一下变成了一个披头散发、满口喷水的恶鬼向她呵呵地笑，吓得她毛骨悚然，醒了。于是，她便又开始责问起王经明与樊筠到底是什么关系，还有那胸罩又是怎么回事。王经明也是被她闹得烦了，索性就承认了。就这样，两人动起了干戈。

消息很快便传到了张所长耳朵里，张所长沉吟了一下，喃喃地说了一声："看来是该收网了。"说完，亲自出马，以劝架的方式（毕竟还没有真凭实据），将王经明带到了派出所。

没有两个回合，王经明便败下阵来。

据王经明交代，樊筠高中毕业后，是他将她推荐到了广播电视转播站，也许是为了感激他的知遇之恩，在一个月朗星稀的晚上，他陪她做完了最后一档节目，来到她的住处，她便主动地对他投了怀送了抱。从此以后，他便将她当作金丝鸟般养了起来，每逢外出，总是要带些小礼物回来，有时为了不致后院起火，一式也带回两样，老婆、樊筠每人各一份。那个胸罩就是。但近来，她见了他总是愁脸锁眉的，他还正纳闷着呢，竟出现了她投河事件。

张所长紧问一句："那胸罩短裤挂在你门上，又作何解释？"

王经明便哀哀地笑了一下，说："也许是她向我诉说一种相思和无奈吧。"

"无奈？"张所长再逼一句，"你认为她有什么'无奈'？"

王经明沉默了一会儿，抬头看了一眼咄咄逼人的张所长，叹了一口气，说："她父母知道了我们的事，要她辞职回家。"

这一番听来，有理有章，无懈可击；后经核查，全部属实。张所长挠了挠头，只好将王经明放了。

看来，樊筠之死，也就只好这么"死"了。

但接下来的某一天，却忽然峰回路转，柳暗花明了。

那天张所长坐在办公桌前将樊筠之死的卷宗反复地翻看着，直觉告诉他，这肯定是个"案子"，但"案由"呢？他正凝眉冥思，却打外面进来了两个人。谁？检察院的干警。干他们这行有个惯例，几乎不需要什么寒暄，双方便进入了主题。两位干警告诉他，吴副县长由于涉嫌贪污受贿金额巨大，日前已被正式批捕，据他交代，他曾在你们杉河镇包养过一个"二奶"，是由副乡长王经明一手给操办的。于是，张所长便将樊筠之死以及王经明的那番供述一一告知了两位检察干警。两位干警听后，让张所长配合他们，将王经明传来。这样，王经明才不得不说出了事情的缘由。

原来，两年前一个偶然的机会，吴副县长来到杉河镇，无意间见到了刚高中毕业回乡的樊筠，见她那"清清妆，淡模样"的容貌和身段，魂魄便一下子被她勾了去。善于逢迎阿谀的王经明一见吴副县长的"馋相"，便心知肚明了。于是，之后他便以乡广播电视转播站招聘工作人员为由，堂而皇之地将樊筠安插到了自己身边，并常以出差为名，将其带至吴副县长的私宅。而樊筠呢，正好高中刚毕业大学没考上的阴云还没散尽，现在攀上了这么个大官，那种失落感，多少有了些安慰。于是，在得到吴副县长保证将她转为正式工的承诺后，就钻进了吴副县长的胳肢窝。但事情过去了好长一段时间，樊筠仍还是樊筠，并没有什么"升迁"，于是，就向知晓一切内情的王经明说出了自己的委屈。而王经明呢，也不是一只只闻腥而不尝荤的猫，虽然有点怵樊筠是吴副县长的"二奶"，但还是连哄带骗地得了手。从此，樊筠便游戏在两个男人之间。最近，樊筠一不小心，竟让自己怀上了孕。本想前去告知吴副县长，哪知，吴副县长涉嫌犯罪，已被控制了起来；赶忙，她又转找王经明，谁知王经明却一挥手，竟来个死不认账。吴副县长倒了，王经明叛了，自己不仅转正无望了，竟还怀孕了，一时百感交集想不开的樊筠，便想到了死。当她来到河边，准备投河时，忍不住又回望起夜色下生她养她但没给她幸福的小镇时，目光所及正好是王经明的住处，于是，一个念头陡然跳出：我死了，也不能叫他安生。于是，她将自己的胸罩和短裤脱了，挂在他的门上，然后纵身跳入了河中。

　　不久，吴副县长被判了；王经明呢，也被罢了。这又应了那句古话：多行不义必自毙。只是苦了樊筠，白白地断送了卿卿性命。

自投罗网

　　肖明已是四十大几的人了，但警察干到今天，还是个片警。片警虽然也是警察，但与居委会老大婶没多大差别，大至缉案犯、维治安，小至张家长、李家短，他都得要去问一问、管一管，一天到晚没得闲，尤其是最近这几个月，辖区内出了个"白日闯"，大白天趁人们上班之机，公然撬门入室，屡屡得手，弄得他没日没夜也没理出个头绪。

　　今天是媳妇欢欢三十岁生日，欢欢比他要小上十来岁，着实让他疼着，可他又委实太忙，月大31天，月小30天，几乎有29天都在外忙活着；欢欢呢，在纺织厂工作，三班倒，也够人呛的，不过，欢欢为人倒挺乐呵的，她说这有啥呢，强制减肥呗，你看，都三十了，身材还如做姑娘时一般苗条、健美。但一向乐呵的她，最近却也是很不开心，因为厂里搞技改，引进现代化设备，有的班组要精减，据说，她的那个车间就在被"精减"之列，因而，总想找肖明商量商量，说说话，想个法。可是肖明一天到晚都见不着个影，你说叫人气不气。好在今天是她的生日，算他还有良心，说在家里等她下班后，亲自下厨，为她炒几个她最爱吃的菜，聊表一下心意。气归气，怨归怨，但他毕竟是个男子汉，哪还能真让他个大老爷们拿锅铲勺把。因而，欢欢与其他姐妹调了个班，兴冲冲地往家赶。

可是，这边肖明回到位于敬亭苑小区1号楼的家里屁股还没坐热，手机便响了，说是3号楼的小王与他妻子为了"桃色事件"正寻死觅活着呢，叫他赶紧过去。这下叫肖明犯难了，一边是媳妇生日，一边又事关人命，肖明权衡了半天，最后叹息了一声，决定还是去吧。欢欢兴冲冲地回到家，正要伸手按门铃，可手还没够着，门却自动开了，她以为肖明是迎接她回来呢，喜得一朵红晕"腾"地便在脸上绽开了。可是，肖明竟然发了下愣，丝毫没有那感觉，而且还是急三火四地要往外走。这下欢欢可受不住了，一把将肖明推回了屋里，返身"砰"的一声将门关了，然后靠在门上，眼泪"刷"地就下来了，说："姓肖的，今儿个告诉你，你要是出了这道门，就再也不要回来。"肖明呢，也觉着心中有愧，但人家那边可要出人命呢，能不去？因而，便简单地将小王的事说了下，并保证一处理完，马上就回来。可欢欢今儿个也是遇着了阴天，"犟"了上来，好歹就是不松口。这下可给肖明憋急了，说："你这不是无理取闹吗？"好了，就这一句，仿佛是一根火柴一下扔进了爆竹店，欢欢噼噼啪啪地就炸开了："无理取闹？姓肖的，亏你说得出口，跟你结婚这许多年，你总共在家蹲过几天，我怪过你吗？人家夫妻双休手牵着手大街小巷地逛，我怨过你吗？车间的姐妹们值夜班丈夫送着去接着回的，我说过你吗……"

可是数落归数落，看着肖明那急得团团转的猴样，欢欢还是一把眼泪一把鼻涕地打开了门。这么多年了，她哪能不知他的工作性质，早习惯了。

望着偌大一间房，想想自己一个人形单影只，欢欢不禁又是一阵伤心，眼泪止不住地流着。电视虽然开着，可是，她一点看的心思也没有。

想想哭哭，哭哭又想想，也不知过了多久，突然，门铃响了，想必肖明回来了。欢欢习惯地跳下床，要去开门。可刚走了几步，她又停下了，气还没消呢，让他在外面晾着去。欢欢赌气又回到床上，坐在刚才坐的地方。这时门铃又响了一下，欢欢仍坐着没动。接着好一会儿没有动静，欢欢便再也"赌"不下去了，起身准备去开门。

可她刚走到门口，只听见"咔嗒"一声轻响，门竟开了，接着伸进来一个脑袋。一见，欢欢认识，这是小区前那个摆修鞋摊的吴一勇，欢欢前两天还到他那修过鞋呢。这会儿，欢欢正孤单着呢，一见有个熟人，仿佛是遇着了娘家人似的，忙热情地拉了进来，替他泡上杯茶，一二三四五地叙起了肖明的十二个"不是"。好不容易欢欢叙完了，这才猛然想起，这大晚上，吴一勇跑来干什么？还有，这门锁着的，他是怎么打开的？欢欢想到这，不禁后怕得汗毛一下竖了起来。

吴一勇仿佛看透了她的心思似的，说："嫂子你别怪我说你，你也太粗心，这大晚上的，门都不落锁，竟开着；多亏是我，这要是遇上个小偷歹人什么的，那还了得！"欢欢听他这一说，心里略略平静了些许。但她马上又紧张了起来，问道："吴师傅，这大晚上的到我这，有什么事找我们家肖明吗？"她故意说成是"找肖明"，意在提醒他这可是警察的家呢。吴一勇忙掩饰说："我看见肖大哥气冲冲地从我那经过，估计你们怄了气，所以就赶了过来。"说到这，吴一勇便一边站起来一边笑了笑，说，"现在好了，你的气也消了；至于你们的家务事，我还是不掺和的好，等会儿肖大哥回来了……"边说边向外走。不承想，他刚要拉门，肖明却正好一脚跨了进来，两人同时都愣了。肖明呵呵一乐，说："怎么，我一回来吴师傅就要走，该不是我回来的不是时候吧。"说得早已迎过来扒着他胳膊的欢欢狠狠地拧了他一把。吴一勇呢，却竟是一脸的汗，忙说了一句："肖大哥可不能瞎说，我这就告辞了。"说完转身就要走。

可是说时迟那时快，肖明在吴一勇转身的刹那，一把抓了他的手腕，同时说了一声："'白日闯'，还不现出原形来。"用力向上一翻，"哐啷"一声，从吴一勇手里掉出了两样东西，欢欢低头一看，竟是一截钢丝和一把锉刀。还没待欢欢回过神来，这边肖明已"啪"地一下给吴一勇戴上了手铐。

欢欢感到非常讶然，吃惊地问吴一勇："真的是你？"吴一勇嘴唇动了动，想说什么，但终究什么也没说，耷拉下了脑袋。

原来，他正是连日来一直困扰着警方的"白日闯"，利用修鞋作幌子，看好双职工都上班去了的空档，携带工具，撬门入室，屡屡得手，没想到，刚才他与欢欢的一番漏洞百出的对话，正好让处理完小王两口子事急急赶回来的肖明在门外听了个一清二楚。

欢欢看看耷拉着脑袋的吴一勇，又看看正向她得意地笑着的肖明，想想今儿个真的好险，不禁偷偷地伸了下舌头，暗自笑了。

见欢欢终于笑了，肖明马上见机行事，说："喏，你呢，先将蛋糕摆好，蜡烛插好，打火机准备好，待我将他押到所里后，回来就给你过生日。"

　　还能说什么呢，欢欢"狠狠"地擂了他一拳，含羞地说："还不快去……"

一张射穿自己脑袋的照片

　　马副县长的夫人上官小艾怎么也想不到，昨天马副县长刚去省城出差，今天早晨她在整理他的书房时，竟发现了一张"谋杀"照片。照片上的马副县长正坐在桌前看书，一发子弹从他的右前额射入，左后脑穿出，殷红一片，吓得上官小艾惊得张着嘴，居然没能发出声。因为书桌前的这扇窗户，面临的是一条闹市街，对面全是商场，要是有人害马副县长，那是再容易不过的了，随便找个角落开上一枪，然后混入购物人群，上哪去找？

　　但县长夫人毕竟是县长夫人，上官小艾一阵惊愕之后，很快就恢复了理性。送照片的是什么人？有什么目的？照片又是怎么送进来的？老马知晓不知晓？一连串的问号打上她的心头。其实，她是深知老马的廉洁奉公，她也深知这"廉洁"无所谓，大不了遭到一些贪官的排挤而已，可那"奉公"，则免不了要得罪人了。现在社会上有些事可是说不清的，要置老马于死地，也未可知。怎么办？

老马现在还正在外出差呢。想到"出差"，上官小艾又是一身冷汗，电视剧中那些恐怖的镜头一下在她脑海中闪现了出来。事不宜迟，得马上与老马联系上，让他提高警惕，多留点神。可是，拨了半天电话，老马的手机关了。她那个怨啊，现在也是的，不问大会小会，动不动就要求关掉手机。在县里还是老马首先提议的呢，想不到，现在却害了自己。上官小艾不再迟疑，联系不上老马，她马上拨通了公安局，找到了郑局长。

郑局长听了上官小艾简单的陈述后，即刻将其上升到了"政治"的高度，亲自带上几名精兵强将，驱车来到马副县长家，从上官小艾手里拿到了第一手证据，也是唯一的线索。郑局长果断决策，一是火速派上两名"高手"前去省城，对马副县长实行24小时贴身保护；二是立即成立专案组，由他亲自担任组长，对凡与马副县长最近有过亲密接触的人，逐一排查；第三，无论是去省城的还是在专案组内进行调查的，为了不扩大影响，一律不准说出去，即使是马副县长本人，也只告知是例行公事的安全保卫。布置停当之后，去省城的警察立即起程；专案组成员也连夜开展调查。

第一个嫌疑人是张百万。张百万原名叫张百旺，因他家产有上百万，于是，人们便弃了他名中的"旺"，而改叫他"张百万"了。他的百万从何而来？做"包工头"。先是接一些小工程，还是"二包""三包"，一次也不过赚个万儿八千的；后来越做越精，越做越大，渐渐地，他便做起了"一包"，一个工程下来，十几、二十几万也好赚。于是，不消几年，他就成了"张百万"。最近，张百万想接经济开发区的一个建筑工程，曾找到过马副县长。据上官小艾反应，那天张百万夹着个鼓鼓的小包进来，临走却故意将包丢在茶几上，被马副县长发现后，一直追到楼下，硬是还给了他，他当时可是气得满脸"杀气"地走了。当张百万被传唤进来时，一副"惶惶不安"状，因为由局长亲审他，可见不是小问题，没个铁证如山，恐怕也有个证据确凿，因此，没两个回合，他便将他如何在争取得到工程时的行贿，在建筑工程中的偷工减料等等，就交代个八九不离十。但这些，并不是郑局长的初衷，于是，厉声又喝了一声："张百旺，不要我们挤牙膏，挤点说点，要主动坦白。我再问你，你对马副县长……"郑局长说到这停了，盯着张百万看。张百万便心中一凛：这，他们也晓得。于是，便说："我是想贿赂他二十万，可是，他没要，硬是追到楼下退给了我。""真的没要？""真的没要，天地良心，没要。我虽然行过不少贿，可我也不愿意呀。但你不送，就得不到工程，即使得了，今天这个检明天那个查后天又是验个证，不整你个人死骨头烂，也不放过你。我送过那么多，唯有马副县长没送进去。""他没收受你的贿赂，你就要害他？""害他？""还想抵赖？你看，这是什么？"郑局长说完，将那张"照片"亮给他看。张百万一看，脸就由青变成了白，忙结结巴巴地说："局长，这可不是闹着玩的，人命关天，我，我可真的没杀马副县长啊！"再审，张百万连嫖了几次女人都供了，可就是一口咬定那"照片"上的事，他没做。一夜"无用功"，郑局长只好将张百万另案处理，继续寻找新的线索。

经过几天的调查，又一个嫌疑对象进入了专案组的视线，就是做生意的小业主孔不凡。孔不凡这名也是谐音，原叫孔布凡，只因他开了个不大的店面，但生意却出奇的好，于是，人们便将他中间的一个字换了，变成了"孔不凡"。前一阵子，孔不凡经常邀马副县长，先是吃吃饭跳跳舞，后是洗桑拿进包厢。可是，当孔不凡知晓他被传唤的原因时，竟连呼"冤枉"，说他请马副县长，一是因为他们是中学时的同学，关系还很"铁"；二是受人所托。何人所托？二拐子乡乡长王碌碡。这"王碌碡"名也有个来历，他的原名叫王乐得，只因他为人处世没有主见，别人说东就东，别人说西就西，明明桌子是方的，别人讲是圆的，他也就马上改口说是圆的，像个碌碡，任人推到哪滚到哪。这王碌碡与孔不凡是远房亲戚，他也不知打哪听说了孔不凡与马副县长中学时的那一段关系，就曲里拐弯地找上门，求他在马副县长面前通融一下，想换个环境，调到城里某个局哪怕任个副职也行。于是，他出资，孔不凡出面，邀上马副县长"工作之余放松放松"。孔不凡感慨地交代说："马副县长真是个好人，这样的官，我打心眼里佩服。有次，我们替他包了'小姐'，可他倒好，不仅将我们狠狠地训了一顿，还要你们去端了那家'洗头屋'的老窝。"孔不凡说："我的问题我老实交代，我只是利用王碌碡的钱，浑水摸鱼地嫖过几次；可希望你们尽快破案，不能让马副县长死于不白之冤啊。"他还以为马副县长已真的被杀了呢。

案子又进入了死胡同。剩下的还有一种可能，那就是敲诈。可是，即使是敲诈，也该谈个"价"呀，而这些天了，却没有一点"讯息"；再就是恐吓，可就算是恐吓，也得有个理由，提个要求呀，可到现在，却什么也没发生过。明天，马副县长就要回来了。郑局长想，他在外面，保密好保，可他一回来，想再保，可就难了，因为不可能不调查，一调查，还能不惊动他这个分管的领导；再说，尽管对被调查对象一再要求，不得外传，可发生这么一桩大案，哪能将人嘴堵得那么严。于是，他决定，等马副县长一回来，立即将案情向他汇报，看看他本人能不能提供一些新线索。刚想到这，上官小艾敲门进来了，一见郑局长，几乎是一把眼泪一把鼻涕地说："郑局呀，明天老马就要回来了，你一定要多派些人手，保证他的安全啊，上车呀，下车呀，你们可千万要多长个心眼，歹徒说不定就选择明天他回来时下手呀。"郑局长忙站起身，亲自倒水递茶，好一番安慰，让上官小艾放心，他们会千方百计周密安排，确保马副县长的安全的，三番五次，总算将她劝说走了。

送走了上官小艾，郑局长觉着明天车站的安全还真的不是件小事，于是，又用电话一一作了部署，反复强调了一次，待一切安排停当，时针已经指向了凌晨三时，郑局长就这样和衣躺了下去。待一觉醒来，睁眼一看，还只是六点。但郑局长再也睡不着了，马副县长的车是上午八点十分到，他们必须在七点就要进站布好点，设好控。

几个小时眨眼就过去了，列车准点到站。马副县长一下车，着实吃了一惊，怎么这么多警察在"迎接"他，连局长都在，难道县里出了什么大案要案？可一点也没听说呀。再一看，郑局长快步向他走来，他又吃了一惊，难道是自己有什么问题？直到郑局长与他握过手，一同上了车，回到办公室，一五一十地将那"案件"说完，他才深深地喘了一口气；并且情不自禁地大笑了起来，笑得郑局长肃然起敬，他还以为马副县长是在对"照片"表示蔑视呢。可他万万没想到，马副县长却拍了一下他的肩膀，说："老郑呀，你又不仔细看看，那张照片可是电脑制作的呀，哪有什么歹徒。"

　　原来，马副县长为了勉励自己永葆廉洁，便在电脑上制作了这么一幅被子弹射穿脑袋的照片，用以时常警醒自己，如不廉洁自律，忘乎所以，就会有如此下场。只是由于那天出差匆忙，忘了收起来，不想被上官小艾发现了，闹出了这么一件"大案"。

不速之客

  王局长打着饱嗝走下车，挥挥手让司机将车开走后，便向四楼的自己家爬去。王局长来到门口，从包里摸出钥匙，好不容易捅开了防盗门，又打开了屋门，舌头打转地说了声我回来了，竟没人应。要是往日，妻子肖莲早就过来接了他的包，扶他换上鞋了，可是今天怎么了？于是他自己费力地弯下腰，从门后拾出双拖鞋套在脚上。

  关上门，转过身，王局长一下愣了，肖莲正坐在桌前，陪一陌生男子喝酒。哦，家里来客人了。王局长酒醒了醒，心想怪不得肖莲今天没像平常，原来家里来客人了。他们夫妻有个约定，平日里肖莲对王局长可以百依百顺，但她娘家人来了，她就要护着点"面子"，对她不要左使右唤，拿肖莲的话来说，这叫对内"互相尊重"，对外"树立形象"。王局长仔细看了看，这是她娘家哪门子亲呢，不认识呀。但还是歪歪倒倒地来到桌前，将包递给肖莲，说拿一副餐具来，我要陪客人喝几盅。肖莲接了包，欲言又止，走进了厨房，拿出碗筷。

局长"咚咚"地先给自己斟了一满杯，又给客人"咚咚"地满上，说先干为敬，一仰脖，灌了下去。然后将杯伸到来人面前，说干，干，干了表真心，一口闷，感情深。客人犹疑了一下，但还是端起杯子，干了。这样你来我往，两人越喝越热乎，差点儿就要称兄道弟了。

也不知喝了多少了，王局长兴致仍然很浓，在又干了一杯后，他说："我给你们讲个笑话，是我下午在小说选刊上看到的。说一个铁杆球迷，某天晚上正在看一场球赛，一个小偷摸进了他家，他却以为是哪个球迷在家受老婆看连续剧的'气'找到他这来了，硬是拽着与他坐在一起，等到比赛结束，他所倾向的那个队胜了，他又拿出酒来，非要与那小偷一起喝，以示庆贺，你说可笑不可笑。咦，你们怎么不笑？"王局长望望肖莲，又望望客人。"我这人真是嘴笨，再好的材料到我这就没有味道了；来，干杯。""你——"客人试探性地要站起来想走，"慢慢喝吧，我先走了。""不行。"王局长"砰"地一拍桌子，将客人一下吓坐下了，"你杯里酒还没喝完呢。"客人没法，只好咬咬牙，喝了。哪知王局长变戏法般地又给斟上了，说："祝你生意兴隆，干。"就干了。客人想动，他隔着桌子一把将他捺下，说："干，不干，倒衣领里带上。"客人无奈，又勉强喝了。放下杯子，客人舌头已卷不过来了，说我真的要走了，要不，就走不了了。"没关系，你还早得很，没醉。"王局长一边说着，一边就扶了客人向门口走去，热情地将他送出大门。

客人前脚迈出门槛，肖莲后面就急忙地将门一下关上且扣了保险，靠在门边拍着胸口直喘粗气。"怎么了？"王局长问。"还怎么了，"肖莲说，"你晓得他是谁？就知道死喝酒。""不是你娘家亲戚？""亲你个大头鬼呀，他是小偷；我下班回来，正好将他堵在了屋里，当时我就大叫，可他却扬了扬你那个该死的'本子'，喏，"肖莲走过去边从桌上抓过小偷忘了带走，放在桌上的一本黑色封皮的小本子，边说，"就是这本你收受贿赂的记录本。他说反正我是小偷，逮住了不过关个十天半月，可逮住了这……哼，你看着办吧。于是我就问他想怎样，他说他虽是小偷，但不贪，只要给他一万块，再请他吃上一顿，然后就走人。哪知饭刚吃，你就回来了。亏你还左一杯右一杯地死喝。"

"当然亏我左一杯右一杯地死喝，要不，我怎么能有这个小本子。"说着，王局长竟亮出了一个跟他那小本子差不多的本子来。"你……"肖莲竟张着嘴说不出话来。"是的，刚才扶他出门时从他口袋里"偷"的，兴他偷别人的，就不兴我偷他的？""原来你早晓得他是小偷？""哈，连这点小门道都识不破，我还能当局长。"说完，夫妻俩将头凑近那小本子翻看起来。不看则已，一看，王局长竟喜得一跳。哪知那本上记的全是小偷在他这样的局级及以上的领导家里所得到的"厚待"，其中还有一位现正在与他争着一名副县长空额的主任。"哈哈，天助我也！"王局长得意忘形地手舞足蹈起来。

正在这时，传来了敲门声。王局长与肖莲对视了一眼，赶紧将小本子收了起来，由肖莲去开门。站在门口的是巡警，见门开了，敬了一个礼，说："对不起，打扰了。"然后指着地下说，"这人是你家的吗？"肖莲低头一看，天哪，那个小偷在门前地上睡得正香呢。"是你家人吗？"巡警再次问。肖莲忙摇头摆手，说："不是，不认识。"巡警再次表示了歉意后，架起那个小偷走了……

不几日，报纸上便刊登了一则新闻，说惩治腐败又获新的战果，挖出了一批党内蛀虫、社会败类；其中王局长的大名出现了好几次，且一度成了人们茶余饭后的谈资笑料。

这一切与风月无关

一醉倒是醉了，但方休却没休

12年浓缩成了2天，当美菱随着考试结束的铃声，将试卷反扣在桌上，走出考场，一种从未有过的轻松如她十八岁的年龄，在心底里飘荡了起来。一群群如她一样刚走出考场的同学们叽叽喳喳的，她也充耳不闻，就连有同学问她考得怎样，她也仅是报以一个微笑。

她没有理由不让自己轻松。自打进入高中，她便好似进入了一间布满裸线的机房，不仅要循规蹈矩，而且还得小心翼翼，生怕一不注意，就被电着了；或者说得更严重些，像是走在一块下面布满了陷阱的跳板上，稍不小心，越出雷池，就会掉进那张着血腥味的鳄鱼的大嘴里。

美菱挺着那对骄傲的小胸脯，迈着两条修长的小腿，正一路青春地向外走着，冷不丁，眼前一闪，一个人影跳进了她的眼帘。

谁？肖顺晨。

肖顺晨可以说是美菱心目中的"一块红丝帕"，总是在她心底的某个角落里迎着她的心情那么飘着。因为，他曾是她的老师。而其实，肖顺晨这老师也只不过当过十天。

按规定，师范毕业生必须在毕业前实习，只有实习成绩合格了，才能顺利毕业。于是，肖顺晨便有了与美菱熟悉的机会。

年轻人本来就充满了春天般的浪漫气质，再加上几年的大学磨砺，于是，肖顺晨一下就成了美菱她们班同学的偶像。只是不知什么原因，原本定好两个星期的实习，只进行了十天，肖顺晨就不辞而别了，班主任的解释是，学校临时来通知，让他回去有事。就这么轻描淡写，鬼才相信呢。可是，由于高考临近，同学们在一阵唏嘘之后，很快又淹没在题海里。

没想到，此时，在这刚刚将心情放出来沐浴初夏的凉润时，美菱竟意外地遇上了肖顺晨，岂能叫她不激动！于是，她立即叫了一声："肖老师……"便一路小跑地迎了过去。

"美菱！"显然，肖顺晨也很激动。

"肖老师，我们都很想你。"美菱直率地表白道。

"我也想你们。考得怎样？"

"马马虎虎吧。"美菱掠了一下额头上的短发，笑着说，"我希望能上你那所大学。"

"那我们就是校友了。来，祝贺，校友！"

肖顺晨说完，伸过手来，要与美菱握。而美菱呢，显然，不太习惯这一动作。但见肖顺晨那已伸到自己面前的手，只好慌乱地抬起小手，伸了过去。

可是，当两只手一触的刹那，美菱不知怎的，感到似有一股电流，一下击得她周身发热，心跳过速，脸"刷"地一下就红了。

好在，恰在这时，其他同学也都蹦蹦跳跳地跑了过来。

于是，一番别情，几番问候。

接下来，大家便嘻嘻哈哈地拥着肖顺晨向校外走去，尤其是那几个平日里调皮的男生，说是要与肖顺晨来个一醉方休。

结果呢，肖顺晨"一醉"倒是"醉"了，但"方休"却没有"休"。

自从有过那一次，对你我就放不下了

当这一大帮子人一个个喝得东倒西歪"沉醉不知归路"后，这才相扶相将着走出"结缘排挡"。本来美菱倒是没喝酒，大脑清醒着，可以"先走一步"回寝室的。然而，当见到他们尤其是肖顺晨喝得舌头都大了，她便想：就这么走了，岂不是不够朋友，要是他们趴在了路边起不来，被警察给带走了，那还不成了早报上的头条新闻。成了头条，那帮同学倒也无所谓，而肖顺晨呢，他还没有拿到毕业证与单位签上就业合同呢。于是，她就夹在其中挤挤挨挨着，将他们一个个地送回自己的住处。

可是，待到同学们都一一回了，美菱这才注意到，只剩下肖顺晨和她了。本来，还一直闹哄哄的，现在刹那一切都销声匿迹了，美菱这才一个激灵，想到自己和一个男人在一起，在这深更半夜里，贴得如此近，算是怎么回事呢。尽管她心里一再地告诫自己：那个男人是她的老师。可是，心头还是止不住地一阵狂跳。但不知

什么原因，她又不愿就此跑开，仿佛是在等待着什么。

可究竟等待什么呢？美菱却又说不清道不明。

两人就这么无语地在校园小径上默默地走着，谁也没说话，似乎一说话，就将静夜给打破了似的。

"是谁？"

突然，一个声音如雷般地在他们侧面炸响。美菱惊得本能地往肖顺晨身边一靠，然后才循声望去。原来是学校校警方大爷。

"方大爷，是我——"美菱忙应了一声。

"哦，美菱同学呀。不早了，还不休息？"

"睡不着，在外走走。"

方大爷在学校工作时间那么长，对这种花前月下的"情景"当然见的不少。听了美菱的解释，也就没再言语，只是拿眼望了肖顺晨一下，然后说了声："可不能'走'得太'远'了啊。"之后便转身又向别处走了去。

"不会的，方大爷。"肖顺晨望着方大爷转过身的背影，说了一句。

可是，美菱却一旁为方大爷刚才那句话中之话"太远"二字正感脸红着呢。于是，她便又习惯地掠了一下额上的短发，说："肖老师，你住在哪？"

"学校招待所里。"

"那……我送你过去吧。"美菱望着肖顺晨那醉得两腿打晃的样儿，迟疑地说。

"不，不用了，明天一早我就走。"

美菱听她这一说，一时竟找不出什么话来答。

"其实，我这次……"肖顺晨期期艾艾地说，"我这次来，主要是想见见你。"

美菱的脸就又是一红，好在，有夜色。

"自从那次……我就一直对你放不下了。"

美菱当然知道肖顺晨说的"那次"是哪次。

那是肖顺晨来实习的那天。由于刚接手美菱她们班，为了了解学生们，在班主任带着转了一圈之后，便一个人"熟悉"起来。他先到男生公寓看了看，接着又来到女生宿舍。本来他都是隔着窗子朝里窥视一下，无非看看本班学生住在哪幢哪号而已，不成想，有一间寝室不仅没上锁，而且还半掩着门，于是，他顺手便推开走了进去。

也许是他进门声惹的吧，本来被蚊帐罩着的一张床上，突然传出一个女声："你们都回来了呀，也不叫上我一声。"边说，边"呼"地一下将蚊帐掀了开来。而掀了开来，两人这才都不由得"啊"的一声惊叫。怎么了？原来床上的那个女生由于天热竟是光着上身的，显然她将进来的肖顺晨当成了同室的女生；而肖顺晨呢，也没想到，那床上的人会一下掀了蚊帐，露出一截玉体来。当下两人都狼狈到了极点。女生惊叫之后，一下将蚊帐又"呼"地放了下来；而肖顺晨呢，当下则绽得满面通红，落荒而逃。

不用说，那个女生，便是美菱。

现在被肖顺晨一提，美菱脸不禁"腾"一下，又红了起来。

好在，方大爷这时又转了回来，算是替她解了尴尬的围。

"不早啦，你们还不休息？"

美菱一扭头，见方大爷正"若无其事"地从他们侧面走过，知他是不放心他们。于是，一边抬头掠了下额上的发，一边应了一声："谢谢你，大爷，我们这便走了。"然后转向肖顺晨，"肖老师，是不早了，我们……"

"好的，不早了……"肖顺晨喃喃地道，"我该走了。"

听肖顺晨这一说，不知怎么地，美菱心中却禁不住一凛，那句"我该走了"似乎是在乱语。但想想却又真的没什么再好说的，于是，便讪讪地道："那，晚安——"

"晚安……"

可是，两人都道过"晚安"后，却没有一人先挪步。过了半天，两人不禁都"扑哧"一声笑了起来。

"我送你一截吧。"肖顺晨说。

"还是我送你吧，"美菱说，"校园我熟悉。"

于是，两人便沿着花木小径，向招待所走去。

两人一直走着，谁也没说话。眼看前面招待所就到了，这时，肖顺晨站住脚，默默地从颈项上取下自己一直佩戴着的项链，轻轻地套在了美菱的脖子上，然后几乎是附在她耳边说："留作纪念吧。"

也许是太突然，也许是太意外，美菱一时屏住呼吸立在那，竟半天没喘过气来，直到已恢复常态的肖顺晨深情地说了句："你回吧。"这才好似从梦中忽然醒来，羞得转身便跑；可是，没跑上两步，却又忽地停了。接着转过身来，忽闪着一双缱绻的大眼，扑近肖顺晨，踮起脚，在他腮上印了一个热热的吻，并也附在他耳边说了句："赠你一个吻。"说完，这才跑开了。

本来，这一吻，只有天知地知，他们两人知。可是，不想，却还有一知；而这一知，竟闹了个不可开交。

弄得现在，自己成了专题片的女主角

第二天，肖顺晨一早便离开了学校；而美菱呢，也随着高考的结束，暂时休整一下，待过上两天再来校对答案估分和填报志愿。

可是，待过上两天回来后，她竟发觉，每一个同学的眼珠都要落在她身上似的瞅着她，让她浑身不自在。

但这种不自在很快便被查分、对分、估分代替了。直到她填好志愿，与其他同学交流所报学校时，她才又有了那种不自在的感觉。因为，同学们总是用一种坏坏的笑容来打探她，有的，甚至还含蓄地说些什么叫她半懂不懂的诸如"恭喜"之类的，弄得她一头雾水。

于是，她眨巴着眼，等到又有同学说时，便愤愤地问道："你们吃错了药？这么神经兮兮的干吗哩？"

同学们便又"嘻嘻"地笑。

最后，还是与她关系一直较铁的一个同学提示她说："待会儿吃饭时，看电视你便知晓一切了。"

是的，自考试结束之后，她还没在餐厅里吃过一顿饭呢。学校为了丰富大家的就餐生活，特地在厅堂里设了两部大彩电，有球赛时看球，没球赛时看录像，有时，那几位编导闲得慌，也学着电视台样儿制作一些专题片作为"自办节目"插播。大至校长的讲话，小至哪个同学在某个旮旯扔了废物，要是倒霉，都会光荣地在这里及时地展示一回。美菱便想，这时候让看，看什么呢，球赛没有热门，录像没有精彩，无非是看一看这几天大家填报志愿的新闻。因而，她也就没当回事，白了那个同学一眼，说："看电视就看电视好了，值得这么'神经兮兮'！"

可是，等她真的看了那电视，这才知道，那哪是他们神经兮兮呀，分明是……

原来，那电视里放的，不是别的，正是考试结束那晚的一个专题片。旁白说，为了检验同学们的文明行为，特在考试结束那天，拍了一组镜头，以供同学们借鉴。接着，画面上有作弊的镜头，有随地吐痰的镜头，还有同学们追逐打闹的镜头，可是，再接下来，画面上出现了一对男女的镜头，虽然镜头作了处理，但明眼一看，那女的显然是美菱，而那男的，不用猜也知道是谁了。

看到这里，美菱坐不住了，脸上一阵红一阵白，尽管恋爱在同学们当中已屡见不鲜，但如此"上镜"，尤其是她与肖顺晨临别时的那一个赠吻，却还是第一次，羞得她不知是怎么逃出了食堂。可是，不知哪个"长胳膊"的，竟将这"新闻"又发布到了学校的张贴栏里，说请同学们务必就此发表一下自己的看法，后面还套用了几句江湖广告词，什么"走过路过不要错过"。一下子整个校园里便沸沸扬扬了起来。

于是，美菱便开始祥林嫂般地解释，那不是恋爱，是临别时的一个赠吻。可是，恁她怎么解释都没用。接下来，关于她是如何在夜深人静之时，与一帅男拥吻的"绯闻"，就像这夏夜的风般，吹得人人受用。不过，期间倒也不乏对美菱此举哀婉叹息的"正经人士"。一次，美菱就听到一位同学老气横秋地评论道："也是，赠什么不好，干吗要赠吻？"

是呀，赠什么不好，干吗要赠吻呢。美菱想，弄得现在自己成了专题片的女主角，全校的"校花"（笑话）。

主角也好，笑话也罢，随着暑假的正式开始，事情很快便进入了尾声。

可是，没承想，二十天之后，当高考成绩公布的时候，随着学校再次重放那段录像片，那个"吻别"的话题，却一下成了一支支箭矢，直射美菱的心窝，因为她考得并不理想。而她不高的分数，在人们眼里，似乎与这"吻别"是画了等号的。直至陪同她一道前来查核分数的母亲，也信以为真（不能让她不信哪，那录像上的画面可是活生生的呢），脸上一时挂不住，竟当着众多同学和老师的面，"啪"地给了她一个脆生生的耳光。

同学们怎么笑话，美菱都不在意，可是，母亲这一记耳光，她却怎么也受不住了，当即她怔是捂着腮帮，咬着嘴唇，瞪着一双愤恨的眼睛，望着母亲因气愤而急急离去的身影，伸出舌头将流在嘴角的血舔进嘴里，一口咽了下去，然后，挺了挺胸脯，习惯地抬手掠了下额头上的短发，向校门口走去。

当时，虽然人们看着美菱的举止有点不对劲，心下有所触动，但也只是触动一下而已，因为毕竟今天是高考成绩公布的日子。于是，人们谁也没再多想，只各自顾着各自的分数、志愿去了。

而等到人们不仅是触动而是震动时，则已是半夜里了。

一个念头突然伸展开来: 她要状告母校

半夜里，突然一阵警笛声将人们从睡梦中惊醒。

人们一双双猜疑的目光，很快便有了结果：城南电信大楼上，有人要跳楼自杀。

这个人是谁？美菱。

其实，美菱并不是要自杀。当她在母亲一记耳光下，表现得倔强地昂首走出校门之后，便一直漫无目的地在街上走着。

街上车水马龙，谁会在意一个女孩此时的心境呢？就这样，不知不觉，她抬脚踏上了电信大楼的台阶，沿着楼道，一层一层，直往上走着，虽然偶尔有人对她望上一两眼，但由于她的"镇定"，人们还以为她是哪个部门的工作人员呢。再说，她又是一直沿着楼梯往上爬的，保安也就没怎么在意。等到爬到顶了，往下一望，整座城市，几乎全落入眼底，美菱这才想起，她已站在了整座楼的"制高点"。

望着流光溢彩的街道，听着人声鼎沸的交响，美菱忽然有一种感觉在心中潜滋暗长起来：如此开阔的视野，一切尽收眼中，有此胸怀，还有什么容不下？于是，想到这一层面，人不禁便一阵的轻松起来。轻松起来的美菱，这才发觉下面的不对劲来。人们聚集在下面，冲着她指指点点着不说，还有那警车闪着红蓝两色灯正风驰电掣般地鸣着笛向这开来。

美菱这才明白，人们将她当成了自杀者了。

于是，她忙转身，就要下去。

可是，就在美菱转身要离开这"制高点"，消除人们"自杀"的误解时，不想，城东又响起了一片警笛声。

这次，是真的有人要跳楼自杀了。

当美菱与正往楼上冲的警察碰上并说明清楚了情况，一道乘电梯下来后，围观的人群已散去了；而本来是"救"她的警察却接到了指示，让立即赶往城东，去营救那名自杀者。于是，警察来不及对美菱作进一步的调查，便一把将她也塞进了车中，一声鸣笛，奔向了城东。

来到事发地点，车还没停稳，警察便都跳了下去。而等到美菱好不容易也下了车，一抬头，那惊魂的一幕，正好被她看个正着：在人们一片惊呼声中，只见那人如一只鸟儿一般，在这夜的底色中，向地面直飞而下；接着，便传来一声如"闷雷"般的响声。美菱知道，一条生命，从此宣告结束了。

可令美菱万万没想到的是，那个自杀者，竟是肖顺晨。而更叫美菱没想到的是，肖顺晨的死，会跟她有关。

据目击者说，肖顺晨一边往楼顶上攀，一边嘴里嚷着什么"这是对她人格的污辱""这是置法律而不顾""我要用我的鲜血来抗议""醒醒吧，你们这些执迷不悟的羔羊"等等之类叫人半懂不懂的话，好像是神经有点问题似的。

接下来，从人们断断续续的谈话中，美菱才明白，原来下午肖顺晨到学校来过，他想打听一下美菱的成绩。其时，美菱被她母亲扇了一耳光气得跑出校园不久，围观的人群正三三两两地边散去边议论着"赠吻"一事。巧的是，他正在为那"议论"感到有点莫明其妙时，迎面碰上了校警方大爷。方大爷一见是他，兜头盖脸就给他泼了一盆污水，说："你这个流氓，将一个好端端的女孩子害得不嫌够还是怎么地，再不走，休要怪我手中的警棒不听话了。"于是，肖顺晨就愣住了，过了半天，却突然冒出一句"我要告你们"，转身就跑了。

谁知，他竟会走这种极端：想到跳楼。

殡仪馆的车一声笛响，将美菱一下惊醒过来；可是，待她惊醒过来，车却已开走了。

美菱望着渐渐在视野中消失的灵车，欲哭无泪。

有泪，又能为谁哭泣！

但是，一个念头却如春笋般，就在这一刻，突然在美菱的心中伸展起来：她要状告母校。

因为，她认为是那录像，害死了肖顺晨。

这官司，还怎么打下去

美菱要状告母校，这消息一夜之间，便在大街小巷传开了。

对此，众说纷纭，有褒有贬。褒的人盛赞美菱此举，认为我国法律对个人隐私有明确规定，虽然美菱与肖顺晨是在学校里被拍到"吻"的，但是，学校仍然无权在当事人之外的范围播放这些镜头；而这一播放，便严重侵害了他们的名誉权，应该为他们恢复名誉，赔礼道歉，并赔偿由此而造成的一切损失。贬的人则认为，学校没有将录像进行营利性的播放，只是将其作为文明教育的一种形式或手段在校内运用，根本就不存在什么名誉权的侵害不侵害，相反，美菱如此做法，倒是"有伤校风"，损害了学校的声誉，学校有权保留反诉的权利。一时间，城市早报和晚报，忙得不亦乐乎，又是连续报道，又是开专栏讨论。而这些，则都是美菱所始料不及的。

但开弓没有回头箭，况且，肖顺晨那血肉模糊的尸体，一直在美菱眼前嫣然一片，挥之不去。

可是，找律师却让她碰了一个不大不小的钉子。

美菱虽然由于气愤要状告母校，但她毕竟还只是一名高中才毕业的学生，此前只知道打官司需要请律师，但她不知道请律师是要付一定费用的。而且听她说是状告母校，再加上这件事在法学上此前还无案例，因而律师们都相当慎重。原先以为只要将情况说明清楚，律师就会"拍案而起"，然后是法庭上"唇枪舌剑"的美菱，哪晓得这里面还有如此多的"弯弯绕"。好在，当她走进另一家律师事务所，律师在听完她的"叙述"后，经过一番思索，答应免费替她打这场官司。

接下来，调查取证，递交诉状，一转眼，竟过去了近半个月。

终于等到法庭审理了。

可是，学校提供的录像资料由于是翻拍带，在法庭上不能作为呈堂证供。虽然律师一个劲地自责说自己犯了一个低级的错误，但事已至此，于事无补；于是审判长只好宣布暂时休庭，待取得原证后再审。

当律师和美菱再次来到母校要求调原始证物时，谁料却被告知，正值暑假，电教管理员回家了；而这"家"，却是在几千公里之外的一个偏僻乡下。显然，这是学校安排的权宜之计，意在等到一开学，美菱就要上学去了，哪还有时间打这官司。

没有电教员，拿不到原始资料，这官司还怎么打下去？于是，律师便开始劝美菱接受庭外调解。

当律师说出"庭外"时，美菱心里便"咯噔"一下，怕这官司打不下去了。因为据她从侧面所知，这名律师，也是这所学校毕业的。她甚至怀疑，那翻拍带一事是他预先就谋划好了的。

怎么办？不接受调解，却又拿不到原始凭据；接受调解，则意味着此前的努力全部徒劳。

而恰在这时，美菱的大学录取通知书凑热闹似的又夹在中间到了她手中。

望着通红的录取通知书，美菱一时不禁百感交集，想到自己高中几年苦苦追求的，不正是这一张红纸吗？可是，当望见另一边那份起诉状副本时，她又不禁感慨万千：难道就此放过母校，任肖顺晨的冤魂屈魄就这样烟消云散？

"不！"美菱像男孩子一样将拳头猛地往桌上一擂，发狠地说："我一定要为肖老师讨回公道！"

然而，令美菱没想到的是，这"公道"不用她去讨，竟自有了结果。

两只白色的蝶儿，轻轻地飞起

这个结果，还是"律阳"律师找到的。

原来，这个律师根本就不是美菱想象的那样儿。当美菱正兀自发怒时，律师也一刻未停地在四处收集材料，并且经过努力，终于找到了学校那位电教管理员的通讯号码。在他的劝说和恳求下，电教管理员终于答应提前返校，提供原始录像。

于是，法院及时开庭，再次审理。

法庭上，控辩双方火药味非常浓，不仅据"实"力争，而且还据"理"力争，传物呈证，引经据典，一点也不逊色于影视片中的精彩。

最后，审判长宣布，庭审结束，择日宣判。

可是，当那个"择日"到来时，一件意想不到的事发生了。

那天早晨，美菱乘着凉爽，刚将昨晚换下的衣物洗好，还没晾完，便接到邮递员送来的法院传单，要求她于上午九点前去听取判决结果。可是，邮递员前脚走，后脚便进来了几个人。这几人不是别人，正是肖顺晨师范里的同学。当初为起诉一事，他们见过，岂止见过，他们还出了不少点子，给美菱不少鼓励，并且，每次开庭，只要能抽出时间，他们都及时前来听审。一见他们凝重的表情，美菱就知道肯定会有什么事。果然，其中一个同学略略说了两句见面礼貌的话后，郑重地递给她一封信。美菱疑惑地接过信，一看那熟悉的钢笔字，头便猛地一晕，因为，那字是肖顺晨的。于是，在大家关注的目光中，美菱缓缓地将里面的信笺抽了出来。

原来，这是一封遗书。

各位至亲好友，实在对不起，当你们看到这份遗书时，但愿我的死还没给你们带来什么麻烦或烦恼。

其实，我是留恋这个世界的，因为我还很年轻。可是，知识告诉我，现实就是如此残酷：因为我母亲具有神经病史，而我，唯一让她引以为傲的儿子，却毫不保留地继承了她的遗传因子。以前，虽然我也知道这些常识，但一直感觉良好，还曾一度以为我很侥幸，没有继承呢。可是，近来，我感到我的言谈举止有了变化，常常头疼，而且，一次次加剧，尤其是近来，每次疼过之后，大脑中便有一段"空白"；而从人们的眼神中，我明白这段"空白"的内容应该是什么。因而，我决定，在我还能控制我自己的时候，我就结束我的生命。

所以，今天当我感到大脑的"空白"又要出现时，怕万一做出什么傻事来，便赶紧提前四天就结束实习期返回学校；在这只有我一个人的寝室里，写着这份遗书。

其实，我是多么留恋你们，我的至亲；我是多么热爱生命，我的好友。可是，当你们看到这些文字的时候，我实在是无法再坚持下去了。

请原谅，我的不辞而别！

请宽容，我的冷漠绝情！

请饶恕，我在世时由于不小心曾带给过你们的伤害……

看到这，美菱才明白为什么肖顺晨要提前结束实习，为什么那晚送他回招待所时他要说那句"我该走了"。可是，透过模糊的泪眼，接在后面，她却又看到了几行有关她的文字——

还有，那个可爱的女孩美菱，她曾赠我一个吻。其实，赠我什么不好，干吗要赠我一个吻啊！让我此刻在写这些文字时，心中多上一份无法用言语表达的挂牵……

美菱终于再也忍不住，悲怆地放声哭了起来。

这时，起风了，美菱扬起手，将那封遗书和那张传票，轻轻地放开，一任清风将它们携去。

于是，美菱的眼中，便有两只蝶儿，两只白色的蝶儿，轻轻地飞起……

生活小品
SHENGHUO XIAOPIN

拿你的手臂作抵押

有句话说："女人的心秋天的云。"这是形容女人尤其是青春年少的女人在谈情说爱的季节中把持不住自己，心情随时变。可人称王百万的王顺禅却是个大男人，竟也说变就变。这不，与他平日里好得能合穿一条裤子的陈林同因胃癌刚住进医院，他就翻脸不认人地拿出份合同让他履行；在陈林同"痛并沉默"中，又修诉状一纸，要将他告上法庭。

正好是见习生刘小彤上班的第一天，王顺禅将诉状递了上来。

虽然刘小彤深知作为一名法官，一定要注意自己的"威严"，但看过王顺禅的诉状，竟还是忍不住地牵了牵她那好看的嘴角，接着，终至于"咯咯"地笑出了声。

怎么回事？

原来，诉状中称，王顺禅与陈林同有字据合同，合同中说得一清二楚，王顺禅借十万元现金给陈林同，期限为三年，到期如没有还钱。陈林同愿以一只手臂作抵押。如今合同期限已到，而陈林同却没能按期还钱，因此，王顺禅请求法院强制执行，让陈林同兑现合同，给他一只手臂。

这不就是中国现代版的《威尼斯商人》吗？怎能叫刘小彤忍得住笑？

但笑归笑，刘小彤还得要给王顺禅"说清楚"，因为这以手臂作抵押物的合同是不能有效成立的，理由是抵押物应该是法律所明确规定的物，而人的肢体不属于民法意义上物的范畴，这样，双方的约定就超出了法律保护的范围，要不然，人权重于物权的原则也就无从谈起了。但王顺禅可不管什么"谈起"不"谈起"，一句话呛得刘小彤到现在还没喘过气来。"你又不是法官，法院还没审理，你怎么就说我们的合同'不能有效成立'。要不是看你是个初出茅庐的小丫头片子，当心我告你'不作为'。"

这是哪跟哪呀？不过，他的法律"意识"倒还是蛮强的。

刘小彤再也笑不出来了，无奈，只好按规定给他办理了"受理"程序。

法院要审理这样一桩案子，人们奔走相告，几乎是一夜之间弄得人尽皆知。倒不是人们对这件案子在司法上的"意义"有多关心，而更多的是对这件案子在生活中的趣味体验。有说这王百万真不是东西，不说他与陈林同平日里的那种亲密关系，单这十万元，对他来说也不过九牛一毛，现在人家有难前面住进院，他后面就跟着将人家告进了法院；也有说，告的好，这陈林同仗着有几个臭钱，平日里不知眼有多高；还有说，这也是该的，那陈林同是怎么起家的？不定是没了良心"黑"起来的呢。但也有人就是等着看稀奇——看你法院怎么判这个近乎荒唐的案子。无论怎么判，都是一件挺好玩的事。

说话间，就到了开庭的日子。

一大早，人们便三三两两、不约而同地来到法院旁听席上坐着等候。

被告由于身体原因，委托律师到庭了，法官、陪审员、书记员一干人等也到庭了，可是，原告王顺禅却迟迟没有露面。

人们起先还能耐着性子，看着庄严的法庭不好作声。但随着时间一分一秒地过去，人们再也待不住了，渐渐地由小声议论进而发展到了大声地评论和猜测。于是，整个法庭里便响起了一片"嗡嗡"声。

由于这是合同纠纷，原告没到，法庭只好宣布暂时休庭，推延再审。

望着法官们一一离去，再看着被告，也就是陈林同的律师那嘴角不经意流出的笑意，种种说法便在人群中传开。其中人们最为相信的一种是：王顺禅被陈林同雇人给"摆平"了。而这"摆平"，要么是用威胁的方法将王顺禅的嘴给堵了，要么就是采用暴力手段将王顺禅给害了。而如果是第一种可能的话，那王顺禅绝对犯不着拿法庭开玩笑，到庭说明一声庭外和解就得了。因此，最有可能的，是第二种猜测。

这种传言，刘小彤不可能听不到，想想那天前来请求诉讼时王顺禅的脾性，应该不会就这么轻易地主动退出，这里面肯定有什么

"猫腻"，作为第一接待人的她，再加上好奇心，决定即便不"明察"也要"暗访"一下。

但刘小彤的"决定"还没来得及实施，便有人报案了。

什么案？

王顺禅失踪了。

报案人是王顺禅的妻子。

她说自从王顺禅去法院起诉后，便经常有不明身份的人在她家门前出现，但一直都既没发生什么事，也没有什么不对头的动静；但在开庭前一天晚上，王顺禅接了一个电话后，阴沉着脸，什么也没说就匆匆忙忙地走了出去。而这一去，就再没回来过。打他手机，停机；问单位上人，说没见；查他账户，所有资金均以现金方式被提走了。再加上人们传来传去的"猜测"，于是，她便赶来报案，请求公安部门帮助查找，看看王顺禅到底去了哪儿。

得知这一消息后，刘小彤可来劲了，这毕竟是她见习遇上的第一件，又是一件非常有趣的案子，于是，她申请以学生的身份参加警察们的侦查。

这一查很快就查出了问题：那晚打给王顺禅的电话，还真的是出自陈林同的手机。通过特殊的刑侦技术进行声音还原测听，那次电话陈林同只说了一句话，这句话是："你有机会要回这十万元，可是，你能有机会花这十万元吗？"

立即监控陈林同。

但让刘小彤多少有点意外的是，当他们出现在病房时，陈林同竟不惊不诧，似乎早就料到了。

在例行地回答过诸如姓名、年龄、职业等问题后，开门见山地说："你们去他辉城老家找吧！"

"辉城？王顺禅老家在辉城市？"

这可是第一次听说。

"去吧，会找到他的；我这临死的人，不会骗你们的。"

不管是真是假，既然有线索，就得去追。

果然，在辉城市公安部门的配合下，刘小彤他们没费多大精力就找到了王顺禅。

当他们站到躲在后山岩洞中的王顺禅面前时，王顺禅怎么也不相信自己的眼睛；直到认出了刘小彤，他才不得不沮丧地满身臭气地钻了出来——为了遮人耳目，他竟然扮成了一名脏兮兮的乞丐。

可是，好端端的一个王百万，为什么要逃得这么远且"遮人耳目"扮乞丐呢？辉城市公安局很快便揭开了这个谜底。

那还是二十年前，当时一家港籍珠宝商为了作商品促销，在大陆举行一次珠宝大巡展。一路"展"来，由于保安措施得力，均未发生什么意外；但"展"到辉城市时，在最后一天，却出事了。歹徒不知采用的什么作案手段，竟在重重包围中，神不知鬼不觉地盗走了价值近百万的珠宝后逃之夭夭。虽然当时警察将辉城市"天"给"翻"了，"地"给"掘"了，嫌疑人员列了一大串，但案子一直都没有告破；这一大串嫌疑人中，就有当时还没叫王百万的王顺禅在内。

很显然，王顺禅正是那宗大案的要犯。

王顺禅呢，当警察将从他藏身的山洞中搜出的还未兑完的珠宝放在他面前时，他不得不低下了头；但仍拒不交代作案经过，声称只有见了陈林同的面，他才坦白。

难道陈林同是他的同伙？

刘小彤当即大脑一闪，这么认定。

自然，这种认定又是百分百的准确。

当为撬开王顺禅的口警察将他押到病房，见到陈林同时，王顺禅突然如疯了一般挣脱警察，扑向已经奄奄一息的陈林同。

"你这无赖，说好用你一只手臂作抵押的，却跟老子反悔！"

尽管警察及时控制住了他，但王顺禅却仍死死地抓着陈林同的一只手臂不放。

一边警察拖，一边王顺禅紧抓不放。这么一拖一抓，突然，只听一声"嘎吱"脆响，陈林同的一只手臂被拧断了。

王顺禅望着几乎扭曲得变了形的陈林同，任警察将那只手臂夺了过去，狂笑着道："老子没机会花，你也甭想有命用。"

而刘小彤呢，当王顺禅扭断陈林同的手臂的那一刹，她惊得几乎都要叫出声；可待王顺禅说过这句话，再看那条被警察拿在手里的手臂，见并没有像她想象的那样血涌如注，这才知道，那只手臂，竟然是假肢。可还没等她从刚才的惊心动魄中缓过神来，接着又一件奇事终于使她抑控不住叫出了声。

警察竟在那只假臂中取出了一颗价值连城的猫眼珠宝。刘小彤对这很了解，因为在学校时，老师曾专门说过，据史料记载，这种猫眼宝石世上一共只有两颗，八国联军进犯我国时，曾一度流失到了国外，后历经周折，总算有一颗回到了祖国，现收藏在国家博物馆里；剩下的一颗，却一直没有音讯。对这些珠宝，女孩子特别上心，刘小彤当然也不例外，因此，当警察从假肢里一取出，在阳光下一闪，她马上就辨别了出来。

不用问，陈林同与王顺禅是辉城市那起珠宝失窃案的同伙。

陈林同如此煞费苦心地将这颗猫眼珠宝收藏着，王顺禅是怎么知晓的呢？

原来，当年他们一同作案时，王顺禅并不知道盗来的珠宝中有一颗这样的尊物，陈林同在与他分赃时也没有说过。直到后来一次偶然的机遇，他从报纸上看到，丢失的宝石中有这么一样东西。但他知道，硬找陈林同要，肯定是无果的，因而，他一方面将分得的珠宝兑换成现金，投资到陈林同所在的城市，一方面便暗中处处留心，时时注意，着手调查如他一样将珠宝变成现金已成商人的陈林同，因为他知道，这样贵重的宝物，陈林同肯定会收藏在一个非常安全的地方的，他要等待时机。

这个时机终于被他等到了。

从调查中他了解到，在他没来这个城市前，陈林同曾以臂骨坏死为由，隐秘地做了一个手术，截去了一只手臂，然后又装了一条假肢。精明的他便断定陈林同臂骨坏死是假，藏那颗珠宝是真。

于是，他便不露声色地与陈林同来了那个手臂抵押约定。陈林同呢，当然明白王顺禅这么做的意图，所以，一面与他虚与委蛇，一面想着对付他的办法，只是，他没想到，王顺禅会与他对簿公堂。而王顺禅呢，也是没想到，他以为他一起诉，谅他陈林同也不敢将过去的事抖搂出来。

殊不知，机关算尽终有时，最后弄了个鸡飞蛋打，一个打进了牢房，等待着法律的严惩；一个经这么一折腾，没过两日，便一命呜呼归了西。

只是陈林同，直到闭眼，他还在"怨"以手臂作抵押。

「忏悔」的血书

肖顺才一进门，"扑通"跪在秀娥面前，抬起两手，左右开弓地扇起自己的脸颊，边扇边说："我不是人，我对不起你……"

起因是在外打工的肖顺才经不住城里花花绿绿的诱惑，前不久，在接了工钱后，与一帮工友们在大排档里灌了半斤烧刀子酒，竟悄悄地一个人跑到洗头房，找起小姐来。也是活该他倒霉，"事情"刚办完，就被"零点行动"的警察给抓了个正着。不仅被拘留，还要被罚款。

拘留就拘留吧，反正是一个人在外，工友们知道后也无非当作茶余饭后的谈资说上一阵子罢了；可是，这罚款，可要了肖顺才的小命，出来几个月了，满打满算也不过才挣了一两千块钱，哪够？

而这罚款不交可不行啊。要是不交，警方笃定通知户口所在地的派出所前来领人；而这派出所一来，不说三乡四邻尽人皆知，单妻子秀娥一关就过不了。

怎么办？借吧。

可找谁借？不熟悉的人谁肯借钱给你？即使是熟悉也还要看关系如何呢——否则，这一瓣瓣汗水攒起来的苦力钱，万一借出去打了水漂，是咬死你还是去搬块石头砸天？

黔驴技穷了的肖顺才，最后只好找上了在另一工地打工的妻弟，他的小舅子。

架不住小舅子的左盘右问，他只好老实坦白。

看着姐夫那一副被霜打了的熊样，再想想真的要是让派出所来领人，丢他肖顺才的人、丢姐的人、也丢自己这个小舅子的人啦！咬了咬牙，只好替他将余款交了。

可是，纸哪能包住火呢？也不知是小舅子说的还是秀娥从哪儿打听的，反正晓得了这么回事，一个电话，要他肖顺才立马回来办离婚。

找小姐只是逢个场作个戏，要真的与秀娥离婚，可不是肖顺才的初衷。于是，一进门，他就来个"跪地请罪"，先扇开了自己耳光……

见秀娥对自己已被扇得红肿了的脸颊视而不见，一副铁石心肠，肖顺才眼睛一眨，见一计不成，又生一计：从口袋里掏出一张血书来。一边双手呈递给秀娥，一边有意地翘着右手那根用创可贴包着的食指，说："我保证，我赌咒，下回再也不敢了，只要你原谅了我这次，今生今世我给你做牛做马，任你吆喝；这是我咬破手指写的保证书……"

也许是被他的这份诚心打动了吧，秀娥终于瞥了一眼肖顺才捧着的血书。

肖顺才一见：有门。于是，便更加声泪俱下地忏悔、表白、发誓。

终于，秀娥伸出手，接过了那份血书。

眼看一场暴雨即将过去，可是没想到，突然又风向陡转，再度骤起——秀娥在接过血书的同时，出其不意地一把攥住了肖顺才那根没来得及抽回的食指，"嘶"地一下扯了那创可贴，要看看他咬破的伤口。

可那根食指却完好无损。

秀娥冷哼一声："你的伤口愈合得真快啊！"

肖顺才一看狐狸的尾巴露了，只好又抬起手扇起自己的耳光，边扇边说："我不是人……"

"你以为你是人？是人能流出这样的血？"秀娥鄙夷地站起身，向外走去。

原来，那血书，是肖顺才用猪血写的。

拧断的胳膊会唱歌

人们都说吹牛不犯法，可马贼牛皮这下子，却将自己吹进了公安局。

马贼牛皮不是古时候的那些"落草"的"盗寇"，而是他姓马；那"贼"，则是一个程度副词，比"很"还很；"牛皮"呢，也不是他名，而是个绰号。马贼牛皮单从这个称呼，就足可见其吹起牛来不说会绽破天，起码也能绽开云。

这不，今天他又吹开了。

下午五点来钟，太阳已经偏西，街坊邻居们又聚到了街道旁的绿化树旁，有人坐在水泥墩上，有人蹲在水泥地上，还有的一脚放在水泥地上，一侧趴在栅栏上，扯起了"山海经"。有的是小道消息、有的是报刊文摘、还有的是亲身经历的故事，这些奇闻轶事，要说没有根，还有那么点儿影，要说没有据，却又有鼻子有眼有真实出处。而每当提起"经历"，马贼牛皮总是神采飞扬、唾沫横飞地说得脖子一撑一撑的，诸如国家正在研究克隆美女，给那些没有娶上老婆的人每人配一个。这个"话题"是马贼牛皮的"保留"节目，因为他至今还是光杆司令一个；再诸如科学家正在研究太空地球，上面已选好一个空间，不久就要从每个居委会选一两名公民移居上去。这个"牛皮"，人们也能理解，因为马贼牛皮至今还只是住在楼道旁搭建的一个临时棚内；还诸如现在市场上有一种糖，想瘦的人吃上一块，睡一觉醒来，就瘦下来了，想胖的人，吃一块，洗个澡，就胖起来了。这个，人们也能体谅，因为马贼牛皮虽然一天三餐一餐不落，但三十大几了，却仍长得像个晾衣架子，叽瘦嘎嘟的。

但今天人们由小道消息扯到报刊文摘，由报刊文摘扯到影视动态，再由影视动态扯到亲身经历，马贼牛皮竟一言没发，这倒是稀罕的事。于是，人们便故意全都仰起头来看天，看了半天，马贼牛皮终于开口了，问："你们在看什么呀？"人们也终于憋不住，"哄"地一下笑了，说："我们在看今天是不是太阳落到东边去了。""什么意思啊？""什么意思！你今儿个怎么蔫不拉叽的？""人家烦着呢。"人们的胃口一下吊了起来："你烦什么？说来听听，大伙儿帮你出个主意。""这忙你们帮不上。""你还没说呢，怎晓得我们帮不上？"马贼牛皮一脸的愁眉不展："肯定帮不上。"他越不说，人们的好奇心越强，好奇心越强，就越是想听。"说呀，看看能帮上帮不上。""那，我就说吧——"也许是为了更加吊人们的胃口，马贼牛皮想了想，又改口道："还是不说算了。"人们刚刚喔起的一口气，一下"唉"地又叹了；但接着，又提了起来，继续追问。马贼牛皮慢慢地环顾了一下，见人们齐刷刷地一起盯着他，他这才"一本正经"地说："昨天晚上秘书长告诉我的——"有人插嘴："哪个秘书长？"马贼牛皮就乜了那人一眼，说："联合国秘书长。他让我明天去相亲。"人们憋住腮帮，不让自己笑出来，有人就故意问："和谁相亲呀？"马贼牛皮更加愁眉苦脸地说："他让我去相莱温斯基，说是对她的惩罚。你们评评，她莱温斯基又不是黄花大闺女了，我能要她，难道不是她的荣幸，还是对她的惩罚？""哈。"人们再也憋不住了，一下笑翻了天。一边笑着一边大骂这马贼牛皮："我们都被他给'骗'了。"笑声中，有人不经意地看见斜对面才开张不到三天的"星星"小百货店里，一位非常漂亮的女孩正朝他们这张望，大概对他们的笑声感到好奇吧。于是，他们兀地一个主意出来了，便对马贼牛皮说："既然莱温斯基你不喜欢，那么你看那边的那个小姐怎么样？"人们一起扭头向那边看去。那女孩确实"靓"得晃眼，马贼牛皮眼珠子差点儿掉出眼眶了。见他那样，人们便进一步说："怎么样，你敢去？"马贼牛皮回过神来，不屑地说："谁不敢？""光敢不行，得要让她吻你才行。"马贼牛皮的"牛皮"又上来了："行，你们瞅着，我进屋撒泡尿。"说完，他进了他那个临时棚。人们以为撒尿只不过是他逃开的一个借口，哪知，不大功夫，他还真的出来了，而且朝大家诡秘一笑，便向对面走去。

马贼牛皮吊儿郎当地来到"星星"百货店，径直走到那女孩面前，一副诣笑说："敢问小姐芳名？"女孩却朝他嫣然一笑，但避开了他的话题："先生您要买点什么？"马贼牛皮朝店里看了看，说："老板娘不在呀？"女孩又是一笑，说："那是我妈。您需要什么？"马贼牛皮就想：这妮子倒会做生意，非要问你个"需要什么"。就说："实话跟你说吧，我的那帮哥们，"马贼牛皮边说边用手指了指那帮邻坊们。"跟我打赌，说你不敢吻我。"女孩一听，敛了笑，回了一句："无聊。"就将脸扭向了另一边。马贼牛皮只好涎着脸皮，继续恳求说："这样你看好不好，你就做做样子亲我一下，我给你50元。"女孩脸红了，他认为她动心了，就接着说："怎么样，给个面子吧？"没想到，女孩又重重地回了一句："无赖。"一见"礼"的不行，马贼牛皮马上眼珠一转，来起了"横"的。"无赖，哈哈，不错，算你说对了，我就是无赖。"然后，他"哧"一下拉开衬衫纽扣，拍着瘦得有些可怜的胸脯，说："你别看我肋骨根根，可我却是功夫深深。"接着又拎起裤管，指着麻秆儿的腿肚，说："你别看我小腿细细，可我却是身怀绝技。"然后又像健美运动员般抬起双臂，弯起肱头肌，说："你别看我长得瘦瘦，可我却是骨头眼里长肌肉。"见那女孩睁大眼看着他，心想："哈哈，震住了吧。"但嘴上却仍不动声色地说："哼哼，你看着办吧。"见那女孩仍瞪着眼看他，他张开嘴又吹上了："不信，你知道吧，前几天，喏，就是前面那街上，不是有个人被捅了三刀当场乌龟王八了吗。你道那是谁干的，就是你大爷——我！"那女孩便不得不瞪圆了眼，张开了嘴。"行了吧，还不赶快亲你爷爷一口，愣着干吗？"女孩似乎吓傻了，站在那一动不动。马贼牛皮一见，心下乐开了花，于是，暗想来个"锦上添花"，再唬她一唬。于是，"唰"地一下，他抽出一把匕首，用嘴衔了，腾出左手，卷起右手袖管，伸出胳膊，然后取下刀，盯住女孩，说："你亲不亲？"女孩仍没动，于是，他竟将刀一下扎进了自己的右臂。血立马就"滋"了出来。马贼牛皮死死地盯着女孩："你亲不亲？"女孩似乎彻底被震住了，妥协了，忙说："我亲，我亲。"

边说，边向他靠过来。马贼牛皮心底里那个乐呀，得意地用眼角余光瞥向那边的那帮街坊们，想："你们就等着看好吧，我马贼牛皮可不是浪得虚名，瞎吹出来的。"哪知，他的得意还没来得及爬向眉梢，那女孩却不知怎么那么一摁一扭，他的刀"当啷"一声便掉在了地上，于是，他本能地想拔腿就逃，可是，说时迟，那时快，女孩伸手一扣，又一把将他的手腕给扣住了，然后娴熟地向上一捋，再一压，便将马贼牛皮的手臂给向后拧了。待这一系列一气呵成的抓捕动作完成后，女孩真的一下傻眼了，因为那只刚才被扎的手臂不知是用力过猛，还是她扣得过重，只听"咔嚓"一声，那只胳膊竟断了，同时发出了那种儿童玩具电子琴里奏出的《十八岁的哥哥坐在小河边》音乐声。等女孩从惊愕中回过神来，那马贼牛皮却已是站在了街上，而那边的一帮街坊们则一个个笑得前俯后仰、手舞足蹈地一齐跑了过来，弄得女孩抓着那只仍在奏着音乐的被拧断的胳膊，一会儿看看马贼牛皮，一会儿看看那帮街坊，一会儿看看手里的"胳膊"，懵了。

原来，那是条假臂。马贼牛皮不光是现在牛皮哄哄，早在十多年前，就"吹"上了。那年他到乡下外婆家去，逢村上一伙年轻人去滩湖用土雷炸鱼。所谓土雷，就是用酒精玻璃瓶填上火药雷管，在瓶口接上导火线，根据各人投掷距离的远近和用力的大小以及熟练的程度，将导火线剪成合适长短。这长短非常讲究，从点燃，到扔出，再入水，到爆炸，都要精确。比如入水，如入水太浅，浮在面上响了，炸不到鱼；如入水过深，那导火线燃烧冒出的气泡，将鱼惊了；只有恰恰落入水中约三分之二左右爆炸为最好。可是，马贼牛皮却"吹"他敢将导火线剪得比别人更短些，然后用"武功"

将土雷逼入水中。可是，当他将"滋滋"冒着白烟的土雷握在手上，抢臂划弧还没扔脱更不要说"运功"时，"轰"的一声，竟炸了。等他醒来，那只血肉模糊的胳膊已被截下盛在了一只盘子里。他至今独身，除了他牛皮吹得摸不着边外，就是因为这独臂了。后来家里人觉着他这么年轻就空着个袖管，实在有点造孽，于是，就东挪西借地凑钱给他装了只假臂。但他正事没有，歪事有余，竟在假臂上刻了一条凹槽，里面可以存放一些香烟、零钱什么的。刚才在临过来时，他跑回房间用小袋装了一些红墨水冒充血，预备上演一场"苦肉计"，好作一招吓唬一下女孩。

人们还在哄笑着时，突然，一声警笛由远而近，停在了他们面前，从车上下来几名警察，径直走向女孩。女孩忙上前同他们互敬了一个礼，然后将事情的来龙去脉简单地说明了一下。原来，这个女孩竟是警校毕业刚参加工作不久的警花，刚才马贼牛皮在一个劲地"吹牛"时，看上去她被吓住了，其实，她是在拖延时间，用身上佩戴的报警器暗暗地报了警。

见女孩原来是警察，马贼牛皮吓得心里直叫苦："天啊，这下可吹完了，撞到警察手里……"

两天后，当马贼牛皮重新出现在村里时，谁要是再喊他"马贼牛皮"，他就会红着脖子板着脸，正告你不许再喊。还别说，久而久之，人们倒真的将他这个绰号给忘了。

没事瞎转悠啥

这城里人也不知是让啥给整的，人他不养，却养狗。这不，德友老汉的儿子，大学毕业后在城里找了工作、成了家，都好几年了，那媳妇还是像个小姑娘般拧着杨柳腰扭着翘屁股，一直不要仔。不要仔就不要仔吧，年轻人多腾出点精力干事业，如今的小夫妻，哪像老辈人，一辈子要生养七八个，德友老汉也想得通。可是，他们却弄了条狗来养着，而且，对狗的那份心，比当年德友老汉养孩子还要精。本来，自打老伴前年去世后，隔三岔五，德友老汉还会到城里住上那么几天，可自从那条立起来跟德友老汉差不多高的狗进了儿子的门，他就很少进城了：他看不惯他们对狗的那份德行。

而这次，德友老汉不得不来，儿子要到省里学习半年，半年后回来，听说要提官；儿媳呢，却要去出差，据说没个半月三十天的不得回来。所以，没办法，原本该是这条狗干的差事——看门，竟只好由德友老汉来做了。

在适应了一个星期后，儿子放心地学习去了，儿媳也安心地出差去了。德友老汉每天像当年侍候儿子一般侍候着这条叫"朴实"的狗。不过，当初儿子告诉德友老汉时，德友老汉嫌这"朴实"两字说着拗口，倒是电视上常说有个外国人叫什么"布什"，他觉着这要好说得多，而且还是个洋名，于是，他就一直叫它"布什"。儿子说叫"布什"就"布什"吧，反正只要它听得懂是在叫它就行了，就像在单位里大家都叫我"局长"，而在家里您叫我"狗剩"一样，我知道是叫我就行了。

可是让一个习惯了扛着把锄头，整天大着嗓门张家长李家短说话的乡下老汉，成天对着要不他说它不说的布什，要不它说他不说的电视机，能不叫他憋屈？

开始前几天还好，他还可以想想乡下，想想以前的老伴。想到老伴，不知怎的，德友老汉就想到了村西头的丽娜娜。别听到这"丽娜娜"就以为是什么赛貂蝉超西施的二八美娇娘，其实，这个丽娜娜，却已是个老得只剩两个耳朵没老的老太婆了。记得年轻的时候，他们一帮爷们儿为她这个名不知争过多少回"面红耳赤"，有说这是她那在大学食堂里做事的爸爸给她起的洋人的名，有说她是新疆搬过来的所以叫的是新疆名——听说新疆那边的女孩儿都叫什么"娜"呢。但争归争，究竟她这"丽娜娜"是洋名还是新疆名，似乎并不是大家所关心的，大家关心的焦点是：丽娜娜是村上最漂亮的一个妮儿。当这个最漂亮的妮儿与村西头的二秃子结婚的那天晚上，他们这一帮年轻爷们假借着闹洞房，硬是不肯出来。只是不出来又能怎么着，充其量也只能守她这一夜呀，人家可是正大光明领了红通通的结婚证书呢。为此，村上这群年轻的爷们足足沉闷了有一个多月没再嘻嘻哈哈说"丽娜娜"三个字。前不久，村上的几个老哥们在一次闲扯淡中，不知是谁又提起了丽娜娜，竟一下像个小火柴梗，"嚓"地将德友老汉年轻时对丽娜娜的那份好感一下给擦燃了，于是，有事没事，德友老汉便挨过去，与丽娜娜说说东聊聊西。一个没了婆娘，一个没了老汉，那么点儿"老"心事，谁个不知晓？只不过都闷在心里不说出来罢了。德友老汉这次进城前还念过，等再过一段时间，等两人"感情"深一点，就正式向丽娜娜提出来——想到这里，德友老汉就抑制不住地将脸上的皱纹给绽开了。

可是，毕竟是上了年纪，见天到晚光想着丽娜娜，也比不得嫩伢仔们可以将"爱情"当饭吃。因此，德友老汉就忍不住想出去走走。尽管儿子媳妇都一再告诫过他，不认识的人最好不要答话，更不能带进家来，除了去菜市场买点菜外，其他时间能不出去就尽量不出去。

德友老汉不走远，就在自家这幢楼前楼后转悠转悠，而且，还带着布什。别看布什这家伙不会说话，可精着呢，晓得德友老汉是它这些天的主人，将他"哄"好了，不仅会有好吃好喝，还会带它一同出来散步。于是除了对德友老汉又是舔裤脚又是摇尾巴外，更时刻保护着他，只要是陌生人靠近德友老汉，它马上就龇出那对怕人的尖牙，"唔唔"地低声警告着！

楼后面有条石椅，德友老汉常常坐在上面，布什就坐在他旁边，望着从巷中进进出出的各色人等。

话说这一天，刚来到石椅前，德友老汉正准备与以往一样要坐下去时，布什却一下变得不知是很紧张还是很兴奋，第一次没听德友老汉的话坐在他身边，而是围着石椅嗅来嗅去，还不时地抬起头来望一眼德友老汉。开始德友老汉没在意，以为狗就是狗，哪能像人一样，规规矩矩地站有站相坐有坐姿。可是，不一会儿，德友老汉就发现了布什的反常情绪，它除了继续嗅着不时地打一两个喷鼻外，还显得有些躁狂起来。

德友老汉怕这畜生生出什么事端来，忙使劲地将它给牵了回去。

然而第二天，他带着它刚转悠到这，布什又像昨天一样，围着石椅转了起来。

这下，不能不叫德友老汉警惕了。他想起去年他们邻村发生的一起命案，当时，公安人员就是牵着如布什这样的一条狗把那个埋在地下都已烂得变了形的尸体给咬了出来的。

于是，德友老汉随着布什也围着石椅转悠了起来，想看看到底有没有什么不对头的情况。但转了几圈，德友老汉不仅什么也没发现，反而还引来了过往行人的注视。想起儿子媳妇的话，德友老汉只好停下来，牵着布什回到了楼上。

但回到楼上的德友老汉，这次却有点坐不住了，大脑中老是想着那个狗咬出尸体和布什在石椅前嗅着的场景，可又碍于这大白天人来人往，看着他与布什在那转悠，保不定将他们当成神经病了呢。于是，等到天晚，估摸着人家都睡下了再看情况。小区有规定，晚上过了十一点半，只留个大门供人进出，其他的侧门腰门全都锁了。因此，等保安（德友老汉更喜欢叫他们二警）锁过门离开后，他才带着布什蹑手蹑脚地下了楼，来到那石椅前。这次，他要仔细观察观察布什在哪个位置嗅得最厉害，说不定，那个位置就是"第一现场"——这个词，德友老汉就是在那次破案后从电视上学的。

他们这一人一狗正在转悠着，冷不丁"刷"地一下，几道手电光照了过来，刺得布什"汪"的一声差点儿挣脱了德友老汉手上的绳子扑过去。当德友老汉用手遮挡着光线，好不容易看清楚来人时，来人已拿着警棍"包抄"上来了。一看，是"二警"。德友老汉想：果不其然，这里有问题，你看，人家二警都来了。于是，忙上前一步，准备告诉他们说"昨天布什就发现了，只是没引起我的重视"。不想，那二警却抢先一步蹿过来，隔着布什用警棍对着他，粗着嗓门说："别动，我们注意你好久了。"

"注意好久了怎么不动手挖呀？害我老汉还像个小偷似的在这半夜三更来观察。"德友老汉心下很不满地想。

可是，这边德友老汉正心下不平着，那边二警又说话了："走——"

"走？"这下德友老汉真的有点犯迷糊了。"上哪去？"

"值班室。"说完，二警拿起手上的对讲机冲着里面大声说道："这边发现一个嫌疑人，请你们赶快过来增援。"

直到这时候，德友老汉总算才闹明白，敢情这二警将他当成罪犯了。

"二警——同志，"德友老汉赶紧解释，"我想……"

"你想干什么待会儿再说，现在，你是主动跟我们走呢还是要我们采取措施？"

德友老汉的倔劲上来了，心想：我又没犯法，不仅没犯法，还在帮你们寻线索找犯法的人，你们凭什么让我走我就跟着走？于是说："那我要是不走呢？"

"那——就对不起了。"

说着，几个二警就想上来抓德友老汉。好在，布什瞪着一双愤怒的眼睛紧紧地盯着他们，才让他们刚抬起的腿又缩了回去。

这时，那边几个增援的二警赶到了。

一看，其中有一个二警德友老汉认识，儿子走时曾特地喊过他什么"队长"，招呼说德友老汉是乡下来的，对城里生活不太习惯，要他多关照关照。当时，这个二警就对德友老汉左一声"大伯"右一声"大伯"地叫开了，叫得德友老汉心里直起毛——在村里，可没有谁叫他什么"大伯"，都叫他狗剩爹。

队长问了问先前的两个二警这里发生的情况，然后转向德友老汉，一笑两笑地说："真对不起，大伯，他们误会您老了；只是大伯，这么晚了，您老还不休息，在这石椅前转悠个啥呢？"

看在"大伯""您老"的份上，德友老汉简单地将布什的反常以及他的怀疑一五一十地说了，惊得几个二警打着手电筒在石椅前转了几圈，也没转出个所以然。最后，队长不得不说些"感谢"的话，称赞他"警惕性高，防范意识强"，这才算将德友老汉的不快给抹消了，在二警们的目送下和受到惊扰而醒来看热闹的居民们"没事瞎转悠啥"的议论声中，牵着布什上了楼。

"没事瞎转悠啥？"

德友老汉睡到床上还在想着人们议论的这句话，心里总觉着有点窝气，难道这布什也瞎转悠？狗鼻子最灵着呢，肯定有哪不对头。可这"不对头"在哪呢？

第二天，等德友老汉一觉醒来，太阳已爬到对面楼上了。想着昨晚人们对他的议论，他一骨碌翻起身，牵上布什就下楼——他要好好地在太阳底下看看那石椅边上究竟有没有事。

可德友老汉牵着布什下得楼来，那个二警队长还有派出所的真警察，他们早就在楼下候着他了。

见德友老汉下来，队长上前迎了迎，见布什对他龇了下牙，只好又停住了，然后，隔着布什对德友老汉解释说，他们将石椅边上用仪器仔细勘查过了，没有发现什么异常情况。

"那我这布什——"德友老汉是想说难道我这布什会无缘无故地在那嗅着玩？

"哦，可以让它再嗅一次我们看看。"

果然，来到石椅前，布什一下变得十分亢奋，围着石椅使劲地嗅将起来。这时，那个真警察走过去，在刚才布什嗅过的地方用手抠了点泥，放进手里一个匣子样的仪器中，凑到眼前左瞅右瞅了一会，甚至还放到鼻子下面闻了闻，然后，抬起头来冲着德友老汉不好意思地笑了起来，说："它是在嗅狗尿。"

"狗尿？"德友老汉摸不着头脑地望着警察。

"是的。"

"哦，想起来了。"人群中不知谁叫道，"前些天3号楼的那位妇人常牵着一条小母狗在这坐着……"

人们一听，"哄"一下就笑开了。

二警的话德友老汉可以不信，但这真警察，他却不能不服；于是臊得眼都不好意思抬地假意踢上布什一脚，一边骂着一边忙将它往楼上牵。

只是在上楼的时候，没来由地，德友老汉忽然想起了村西头的丽娜娜……

装作『儿子』来骗你

总觉得有点儿不对劲

这是第八个电话叫"爹"了。

方顺才拿着听筒，一时没出声，里面的声音便迫不及待地催道："爹，听清楚了吗？只要八百元，这次只要八百元。班上同学们都去，我一个人不去，你儿子的面子可就太糗了。"听到事关儿子孙布笑的"面子"，方顺才想想还是轻轻应了一声："知道了，爹这就给你汇去。""人要面子树要根。"方顺才心里默默地嘀咕道，"老子苦点累点又算得了什么呢，可儿子孙布笑就不同了，他可是在大学里哩！大学生啊，我这当爹的能让他丢'面子'？"

放下电话，方顺才颠来倒去，横竖还是觉着有点蹊跷。孙布笑严格地说来并不是他儿子，只是他在路旁捡回来的一个"私胞子"。所谓"私胞子"就是女子未婚先孕悄悄地生下来的，或由于顾及名声或碍于压力或其他什么原因，孙布笑被丢在了商场的台阶上，遇上正好起夜的方顺才。本来一直响亮地哭着的他，不知怎么，一见方顺才，竟然不仅不哭，而且还用那刚刚睁开看世界的眼，骨碌碌地盯着他，仿佛还咧了咧嘴冲他笑。方顺才看看左右，没有一个人影，想着这也是一条生命呢，就给抱了回来。

第二天，当方顺才将孙布笑抱到居委会，那些婶子娘们见到孙布笑的乖巧样儿，对着他一阵好夸，接着建议一直鳏身的方顺才不如领养了他，也好做个伴。方顺才想想也是，自己又穷困又丑陋，眼看着丢下四十奔五十的人了，娶媳妇这辈子恐怕只是做梦了。于是，上民政部门登了个记，就当上了爹，而且给孩子取名叫"孙布笑"，意思是说这孩子能带给他好运，使鳏身的生活从此充满欢乐。

果然，孙布笑不负希望，从小学到高中直到大学，一路领先，委实给方顺才脸上贴了不少金。

方顺才呢，虽然每到开学，都要蜕一层皮地为筹集学费而烦神，但比起孙布笑带给他的欣慰来，他还是满怀舒畅。况且孙布笑也十分懂事，用钱该用的用，不该用的，决不乱花一分。大前年送他上大学临离时，方顺才塞给他一千元零花钱，学期结束回来，除给方顺才带的礼品外，他还剩三百多。

可是，这一学期，特别是最近这段时间，他怎么老是打电话回来要钱，不是说学校搞什么活动，就是他要买什么资料，而且每次都八百一千的。好在，方顺才现在经营着一个小商店，这点儿钱还不是太成问题，但他总感到哪里有点不对劲，究竟是哪里，一时又说不上来。

方顺才望着电话愣了会神，然后起身去钱箱里拿钱。

还好，今天出手的货卖得有一千还出了点头。他招呼一声隔壁人家，代他看一下门面，便去银行汇款。

当方顺才一路踯躅着来到银行门前，突然，一个主意袭上心头：他要去一趟孙布笑的学校，这孩子肯定是遇上什么难心事儿了，要不然他不会这么反常地左一次右一次要钱，知子莫若父啊。

肯定是那个家伙干的

可当方顺才一路疲惫地赶到晚自习刚下课的孙布笑面前时，将孙布笑惊了一跳，扑上来拉着方顺才的手，一迭声地问着："爹，你怎么来了？"殊不知，方顺才在听过孙布笑的解释后比他还要惊呢——

当方顺才随着孙布笑回到寝室，将那八百元拿出来递给孙布笑时，孙布笑竟一下睁大了眼睛，问："爹，你给我这么多钱干什么？"方顺才讶然地说："不是你打电话说参加一个什么团的活动需要八百元钱吗？""没有呀！""没有？""真的没有，不信，你问问我们同室的人。"这时，其他几个同学见他们父子好像在争什么，也都凑了过来。"到底怎么回事，爹？"方顺才认真地看了看孙布笑，确定儿子真的不知道，就将他如何接到孙布笑的电话，如何汇款等一五一十地说了一遍。几个大学生一听，马上就说："骗子，大爷，你肯定遇上骗子了。"孙布笑不忍心说方顺才被人骗了，安慰他说："爹，你先别激动，坐下休息一会，我们再慢慢说。"方顺才自责地搓着手，嘀咕道："咳，我怎么就没想到汇过钱后再打个电话给你核实一下呢。"他心疼那几千元钱哩。

待坐下喝了口水后，方顺才望着孙布笑疑惑地说："可是，那声音却千真万确是你的呀；不能说，爹老得连你的声音都听不出来了吧。"其他同学觉得方顺才说得也在理，不管怎么说，爹总不能连自己儿子的声音都辨不清；就一齐望向孙布笑。孙布笑脸一下就红了，说："我真的没打电话问我爹要钱。"

见孙布笑绽得脸红脖子粗，方顺才反过来安慰起他来："算了算了，不就几千元钱吗，爹不在乎，强于爹生了一场病。"

话虽这么说，但望着因乘车而劳累得一倒下便睡着了的方顺才，孙布笑心里却十五只吊桶打水，一直七上八下着，想这究竟是怎么回事。可想破了脑壳，除了认为方顺才是遭人算计外，孙布笑怎么也想不出一个所以然来。

但别人再怎么算计，诚如方顺才说的，爹总不能连我的声音都辨不清吧？这样说来，那人跟我肯定很熟悉，要不怎么能模仿得那么逼真呢，除非有人与我有一样的嗓音。

想到嗓音，孙布笑心里陡地一亮："莫非是他干的……"

他是谁？他是孙布笑去年寒假回家时在车上认识的一个人。

由于春运，车上人多得挤不动，孙布笑好容易在站了几个站点后找着了一个位，可是，还没容他仄过身坐下，却被另一个人抢先一屁股挨了上去。孙布笑就有点不满，冲那人说："明明是我先坐下的，你怎么能这样抢占呢？""抢占？想舒坦进卧铺呀。"话音还没落地，两人却都好奇地盯着对方看了起来。

怎么了？原来两人的嗓音竟像一个人似的。芸芸众生，大千世界，两人却有如此相似的声音，实在是稀奇。接下来，两人从缘谈起，越谈越投机，以至分手时互相留下了各自的通讯方式。记得当时由于孙布笑是回家，因而就留了家里的电话号码。事后，虽然偶尔也想起，但只不过是当作一个笑话般地在大脑中过一遍而已，久而久之，就淡忘了。现在一经推理，孙布笑终于想了起来；虽然不敢十分有把握，但八九是他干的。

第二天一早，孙布笑将这段奇遇一说，同学们都说，肯定是那个家伙。

报案。

但警方在向孙布笑取证时，还是费了一点儿小周折：孙布笑当初将那个人的通讯方式不知记在了哪个本子里。而方顺才呢，商店总不能老是关着呀，等不及，就先回去了。

心里竟有几分莫名的感动

大约是回来后的半个月吧，孙布笑打电话来了，高兴地告诉方顺才，说他终于找到了那个通讯方式，并且警方根据他所提供的线索，几乎没花什么精力就把案子给破了；汇款，是那个人骗的。目前警方正在追缴那几笔钱，估计很快就会有结果。

果然，没过一星期，警方便来还钱了，一共七次，六千多元，一分不少。

方顺才看着失而复得的汗水钱，真的是感慨万千，一再地说着"谢谢"；警方呢，在办完了手续后，连一杯水都没喝，就走了。这样，方顺才的履历里，又自然地多了一项内容，那就是对警察的赞颂。

接下来，日子在方顺才进货、售卖和对警察的赞颂声中，不温不火地过着，转眼，一年就过去了。

一年多来，方顺才仍然忙着他的生意，倒是孙布笑，本科毕业后，又为方顺才增添了一项骄傲的资本——继续上了研究生。因此，方顺才的日子越过越有劲，越过越滋润。

只是，近来，他隐隐地感到有些不安，到底这"不安"是什么，他一时又明白不过来。直到刚才那个小伙子的身影又出现时，他似乎才忽然幡悟，原来症结在他身上。

小伙子不知是哪里人，方顺才只晓得他来这里捡破烂已有些时候了。不知为什么，他常常驻足在对面，对着方顺才的商店打量。当时方顺才的第一个反应是，可能遇上了盗匪。不过，转念一想，自己经营的这一小店，连本带利也不过才万把元，而且还都折成了货物，盗匪没理由会看中。因此，心下倒也轻松了一些。

方顺才正一边这么狐疑着，不想，那小伙子径直向他走了来。怎么，难道他今日这大白天地想明火执仗？方顺才情不自禁地一阵紧张起来。好在，小伙子来到柜台前，只是哑着嗓子要了一瓶矿泉水而已。

等小伙子付过款离开后，方顺才想想不由自嘲地笑了笑，笑自己这是越老越怕死，越老越多疑，越老越神经。

可是，第二天，第三天，一连多天，那个小伙子却都来买矿泉水，每次也不买多，只买一瓶；也不多话，付过钱后，转身就走。这下，反倒给方顺才留了一个谜，恁是猜不透。

这样过了一星期，也许是半个月，终于有一天，小伙子在买过矿泉水后破例地没有立即离开，而是冲方顺才笑笑问道："大爷，我看你一个人经营这个小店，又要进货有时还要送货，非常的不容易，有没有考虑雇一个小工替你跑跑腿打打杂什么的？"不待方顺才表态，小伙子接着又说，"你看我行吗？工资你老看着给，只管三餐饭就成。"

别说，不说不打紧，这一说，方顺才还真的有这个意思。一个人经营这个商店，不知不觉，大半辈子都过去了。年轻时还好，几十斤上百斤的货物抄手一掂弯身一蹲驮起就走，可近年来，虽然有车运货了，但上车下车总还是需要人力的，再遇上那几十斤几百斤货物，还真的要费老大的劲。费劲倒是小事，上次还闪了腰，用酒硬是推了半个多月才好。早些时候也曾想过雇一个人，但想到雇一个人就等于添了一张口，想想还是算了，自己苦点累点，等孙布笑书念出来了，再雇也不迟。

望着面前的小伙子，方顺才心里莫名地竟有几分感动。他太需要这样的感动了，孙布笑虽然孝顺，但一年只有几十天时间陪他，剩下来的日子，他便是天亮一个人，天黑一盏灯。

只是，想到先前对这小伙子的"预感"，方顺才燃起的热情，这才降了下来，笑着委婉地拒绝道："我这店小，一天货都卖不到多少钱，请不起的。"

"没关系，我不是说了吗，多少工钱你看着给，只求一天能有三餐饭。"

"这……小伙子，实话告诉我，你是不是遇上什么难事了？"

"没有呀，你也看到了，我在这里不是一日两日。我想，能替你打工，有吃有住，总比我捡破烂强。大爷，您别多想，我绝对是个好人！要不这样，你先雇我半个月试试，如不称你心，你再辞我，行不？"

话都说到这份上了，方顺才心软了下来。于是，小伙子从此便留在了方顺才的商店里。

小伙子非常勤快，帮方顺才进货送货，打扫卫生，闲了，还与方顺才说说东道道西，使得方顺才一下好似换了一个人，日子过得充实而幸福。

要不是孙布笑假期回家，方顺才这日子还不知要享受到何时呢。可是，随着孙布笑的归来，这安逸的日子一下被搅乱了。

竟干出这么愚蠢的事

那天孙布笑一进门，正要叫"爹"，见到正在忙碌着的小伙子，一下愣住了。小伙子呢，见进来一个人，习惯地停下手中的活儿，转身来问"先生要点什么"，可当四目相对，他一时也惊地张大了嘴巴。

"怎么是你？"孙布笑惊讶地问。

小伙子却在瞬间的慌乱之后，很快平静下来了，他早就听方顺才说了，孙布笑这几日到家。于是笑着道："真没想到，这是冤家路窄还是有缘重逢？"

"我在问你，你怎么跑到我家来了？"

"你还在生我的气呀……"小伙子说着，走过来要接孙布笑手中的行李。

孙布笑让了一下，仍木着脸，刚还要再说，方顺才从里面出来了，一见两人阵势，不知发生了什么，忙上前一边接孙布笑手中的包一边说："这是我雇请的小工，帮我进、送货，你没见过。"

"爹，你知道他是谁吗？"

"他是谁？"

"他就是那个骗子。"

"哪个骗子？"方顺才一下没转过弯来。

"就是前年那个打电话冒充我向你要钱的那个骗子。"

"哦……"方顺才吃惊地望向小伙子。

"是的，"小伙子见方顺才望向他，也不避，说，"我就是那个'骗子'，可是，我已得到惩罚了，判了两年刑，这才出来；而且，我的爹妈，他们也被我给害死了……"

"害死了你爹妈？怎么回事……"

小伙子抬手擦了下眼，给方顺才和孙布笑说了起来——

那年小伙子大学刚毕业，单位还没落实，遇上孙布笑时，正好是又一次参加面试回去。本来，他将车上与孙布笑的巧遇也如孙布笑一样，当成一个笑话而已。可是，没承想，他回到家不久，不仅接到了应聘失败的通知，更叫他难过的是，一直对他抱着非常高期望的父母，却一下病倒了，竟然双双都是癌症。只不过，母亲是晚期，父亲是中期罢了。父母亲本来就是个地地道道的农民，除了会苦扒苦累地侍弄几亩田，身无长技，为他上大学早已掏空了所有的家底，现在一下全倒了，叫他一个刚从学校出来还一分钱没挣的小伙子有什么办法！当那天被病痛折磨得只剩一副皮包骨的母亲说想吃顿肉时，也是穷急，不知怎么地，他就想到了在车上与孙布笑的故事来，于是，便出现了第一次冒充，但他没敢多要，只开口要了六百元。并且，当时他心里一直暗暗地想，等到自己有钱时，一定要还，加倍地还。哪知道，对于一家两个重病人，区区六百元，能维持几天？就这样，又出现了第二次，第三次……在第八次时，他本来想收手，再也不干了，可望着已经僵硬了的母亲的尸体，看着快要倒床了的父亲，他不得不再一次地拨通了那个让他既心跳又心碎的号码。然而，这一次，他没能如愿——钱没等到，等到的，却是一副冰凉的手铐。

为了还那七次诈骗来的钱，小伙子父亲在他被捕后，将家里能卖的全部变卖后，再在乡亲们的你三十我五十的帮衬下，终于将钱凑齐交给了警方。而自己，在还完钱后，望着空空的家，想着狱里的儿，受着身上病的痛，一时想不开，投河自尽了……说到这里，不仅小伙子哽咽地说不下去，方顺才父子也早已是泪眼婆娑。

"那你又怎么想到了来我这打工？"方顺才稍稍平静了一下心情问道。

"是呀，"孙布笑也接着问，"你的嗓子也坏了。"

小伙子继续说道，他在监狱里，深为自己的行为后悔，经受了那么多年的教育，竟干出这么愚蠢的事，怪来怪去，都怪这副嗓子，要不是这嗓子，哪会有那个动机？于是，他想尽办法"折磨"嗓子，硬是将嗓子给弄坏了。

由于他在狱中表现较好，被提前释放。

一出来，他就想，他的行为严重伤害了那个如他嗓音一样的人的父亲的心，他要当面来向他忏悔认过。于是，他选择了捡破烂，一路打听着寻了过来。

就这样，他成了方顺才雇请的小工。

不禁又一次跪了下去

听完小伙子的叙述，方顺才半天无语；孙布笑呢，手帕早已被泪水浸湿了。

小伙子见他们父子这般模样，深深叹了口气，说："好了，该说的我都说了，心里现在也踏实了。"

"可是，你当初怎么不说呢？当初说了，我知道你是为了这个原因，怎么着我也不会报警更不会收那笔钱的呀。"方顺才抬起头说。

孙布笑伸出手，紧紧地抱住了小伙子。

"你看，我还能继续在您这里打工吗？"小伙子松开孙布笑望着方顺才说。

"当然，没有谁不让你打呀。"

这样，小伙子仍旧在方顺才小店里进进出出地忙着。

转眼，一个月就要过去了。

这天，方顺才在接了一个电话后，将小伙子叫到面前，笑逐颜开地说："你猜我会告诉你一个什么消息？"

小伙子望着方顺才兴奋的表情，一时不知所以，竟没答话。

"哈哈，孙布笑为你谋了一份像样的工作。"

小伙子一时仍未反应过来。

"高兴不，愣什么呢？你这孩子。"

"工作？"

"是的，孙布笑为你在他们公司找了一份像样的工作，刚才他打电话给我说，让你赶紧准备一下，他顺路马上过来接你。"

这，这到底是怎么回事？

原来，自从得知小伙子当初"犯罪"的原因之后，方顺才和孙布笑心里一直感到不好受，上次孙布笑走时，方顺才背地里跟他一再地招呼，到学校后，想方设法替小伙子找份像样的工作，光在他这打工不行，但为了让小伙子在新工作没找到之前有个吃饭落脚的地方，方顺才就一直瞒着小伙子。孙布笑到学校后，经与聘请他进行"社会实践"的公司老总商量，为小伙子谋了一份"主管"的职位。

听过方顺才从头至尾的叙述，小伙子愣怔了半天，突然一下跪在了方顺才的面前，哽咽着说了一句："大爷，我不配你这么关心……"

"起来，起来，什么配不配的？"

"真的，大爷，我不值得你与布笑兄对我这么关爱。"

"这……孩子，你不要这样，其实自从上次听过你的遭遇，我在心里，就已将你当成我的儿子了。"方顺才望着泪流满面的小伙子一时不知如何是好，结结巴巴地安慰他说。

"大爷——"

方顺才没想到，接下来，小伙子却说出了一段让他多少有点意外的话来——小伙子前面所说的一切，竟都是一个骗局，他根本不是什么前来忏悔认过，而是想来报复。

"您还记得我先前老是在对面对您观察吗？其实那是在为我'报复'踩点。只是，一直苦于没有机会罢了。再后来，我利用您年老体衰一个人进货送货不方便的弱点，以做小工的名义混进了您的商店，准备等时机一旦成熟，就让您彻底垮掉。可是，没想到，您是那么的善良，使我几次想下手都没能下得下去。等见到孙布笑兄，我本想一走了之的，但见你们父子对我的那个谎言竟是那么相信，人非草木，孰能无情？我被深深地感动了，于是我彻底放弃了先前的罪恶打算，真心实意地为您打工，为自己赎起罪来……"

说到这里，小伙子惭愧地跪下了。

"这么回事……"方顺才如当初听完小伙子的那个谎言一样地沉吟了良久。

"对不住您，大爷，我不配您这么关心，更不配您将我当成儿子！"小伙子说完，伏下身又磕了一个响头，然后站起身来，"谢谢您了，我这就走。"

"想走？"方顺才不动声色地说了一句，"你就这样走？"

小伙子望着方顺才，不知所措地问道："您，打算怎样处置我？"

"我是说，孙布笑的车还没到呢，你怎么走？"

小伙子怔了半天，终于一下醒过神来，眼泪"刷"一下就涌了出来，不禁又一次地跪了下去："大爷——"

"你叫我什么？傻孩子，你该叫我'爹'！"

"爹……"

"哎——"

这时，不远处传来了汽车的笛声……

狗耳朵里的秘密

　　一条非常漂亮的宠物狗，绒绒的，白白的，乖乖的，怜怜的，可是，它的主人张芸每每将它带上街头，却不是为了让它遛街，而是希望来来往往的车流将它轧死，真真是一桩怪事。

　　那天，被这种奇怪现象引起注意好久的警察肖义明，见张芸带着那条叫莎白的狗再次横穿马路，而且专拣那车流密集的档儿"穿"，根本就不顾狗时，他走上前去，很礼貌地以其妨碍交通为由，将其请到了交通岗亭，就地开始了问讯。开始，张芸一副傲慢的表情，对肖义明这一举措大加指责，弄得肖义明很难相信那些粗俗语言会从那张靓丽得晃眼，娇柔得如水的脸上蹦出来。但在肖义明指出近来她对狗的一系列反常举动之后，张芸才耷下了脑袋；接着，当她抬起头来，竟已是满眶盈泪，与先前判若两人。肖义明心里一喜，想："好，有戏了。"果然，张芸说出了她的"苦楚"。

　　原来，张芸凭着漂亮脸蛋被人包养，成了"二奶"。起初，她对这种不劳而获，要风有雨的生活，感到非常惬意，尤其是虚荣心，得到了无比的满足。但随着时间的推移，渐渐地，一种孤寂感便爬上了她的心头，"老板"由于工作关系，非常忙，一周一般只在她这过上一两夜，这样，偌大的房子，只有她一个活人。该购的物，购了，该看的电视，腻了，于是，一种强烈的想与人交流的欲望，便愈来愈强烈。好在，"老板"算是善解人意，替她买了一条宠物狗。这样，一时确实缓解了些无聊。但很快地，宠物便不得"宠"了，一个大活人，整天和一条不会发一言的狗在一起，能不空虚？于是，张芸走出了户外。走出户外的张芸，其美貌，很快便惹来了一大堆男人的青睐。在这众多的青睐者中，有几名男人很快便被她收罗在了眼中。可是，当她与他们左盘右旋，准备更进一步时，"老板"却突然一改过去一周只来住一两次而变成了几乎每晚都来，同时对她旁敲侧击，加以警告，将她看得紧紧的。毕竟心中有鬼，对"老板"的这种突然改变，感到既费解又担心。因而，便细心地观察起"老板"来。很快，她便发现了秘密。

　　原来，"老板"每天早上离开时，总是抱起宠物狗，走进里间，过一会儿，才将它放进来。但张芸虽然发现了"秘密"，可"秘密"究竟是什么，她还不清楚。于是，这天等"老板"离开后，她立即将"宠物狗"抱到怀中，从头至尾仔仔细细地审视了一遍，竟无异常。她不甘心，于是又用手从头至尾地检查起来。终于，"秘密"暴露了。当张芸用手将狗的两只很顺的耳朵翻转过来时，她惊奇地发现，里面竟然藏了一个小小的隐形无线耳机。怪不得张芸的一举一动，"老板"都了如指掌呢。

　　秘密找到了，但张芸很无奈，因为她非常清楚，这是"老板"对她的监视，她不能随随便便地将"耳机"摘掉或破坏掉，那样，事情肯定会弄糟。于是，她便想出了一个主意，将它带到街上去，让车帮她将它轧死，这样，既不动声色，又解了她的心头之隐。没承想，狗没除掉，自己反被警察给注意上了。

肖义明听完了张芸的这番原委后，紧跟着逼问了一句："那老板是谁？"

张芸刚才的那副沮丧神情，在被肖义明一问之后，很快便发生了变化，一种倨傲、凌压之情又爬了回来。对肖义明的问话不屑地用鼻孔"哼"了一声。

肖义明见张芸态度的瞬息转变，不能说不吃惊，但多年的警察经验告诉他，不能心急。"戏"的大幕就要拉开了。果然，在肖义明再三地逼问下，张芸终于说出了三个字："王朝阳。"

"王朝阳！"肖义明暗暗一惊，因为王朝阳是目前正在仕途上走红的分管经济的副市长。由于涉及政府官员，肖义明不能不慎重。于是，他便进一步地询问张芸，问她是怎么知道他是王朝阳。谁知，张芸竟眉梢一挑，小嘴一噘，鄙夷地说了一句："电视上的新闻节目中，他大会小会地做报告，谁不认识。"看来，问题有点棘手。于是，肖义明将情况迅速报告给了局长。局长在听取了汇报后，稍一沉吟，指示道："一要查清事实，二要注意影响，三是不管涉及谁，只要违法乱纪，就抓！"有了这把尚方宝剑，肖义明便放下了心，展开了调查。首先是不动声色地将张芸放了回去，说刚才只是一个误会；然后便暗中盯住她的住处，老百姓还说"捉贼捉赃，捉奸拿双"，这道理太简单了，肖义明懂。

终于，第三天晚上，王朝阳"回家"了。隔着一段距离，监视着的肖义明和另一名助手，在确定他们已睡下后，立即行动，上前打开了门。

门开了，出现在他们面前的，张芸仍是张芸，可是，王朝阳，却并非王朝阳，尽管乍一看，他与王朝阳还真有几分相像，但他切切实实不是王朝阳。而当肖义明盘问他姓甚名谁，在何单位时，他显出了一副惶恐面容，怯怯而慌慌地答道他叫李方全。张芸一听，顿时脸就白了，上前一把揪住他，说："骗子，你不是说你叫王朝阳，是副市长吗？"李方全用力将张芸的手往外一掰，一改往日的温情，蛮横地说："那不是你自己说的吗？"张芸一听，傻了，是呀，他从没亲口说过他叫王朝阳。那天在洗头屋，张芸见他出手很大方，便格外地殷勤、卖力，充分施展着她的"小姐"本领，将他侍弄得七荤八素。见他已上钩，她便及时地诉起苦来，以惹他怜香惜玉之情。果然，他提出了要包她。但为了弄清他的实力，她提出想看看他的钱数。他将她带回了一幢楼房，打开门，屋内装饰非常一般，张芸霎时蔫了。但当他将她拉至房内，从床下拖出一个大包，打开拉链，张芸的眼睛一下又直了，那里面，全是一沓沓百元大钞，少说，也有百十来万。见张芸的脸色，他随手从里面拿出一沓，拍到她手上，说："信了吧，包你够不？"张芸立即就像久旱遇雨，上前勾住他的脖子，嗲得发腻地给了他一个长吻。当回到客厅，他进浴室洗澡时，她随手打开电视机，电视正在播报本市新闻。张芸本来是无意看着的，但见到那个正在做报告的人时，她的眼睛不禁睁大了，播音员解说那个做报告的是副市长王朝阳，而王朝阳不正在里面洗澡吗？恰在这时，他围着浴巾出来了，她忙起身迎上去，柔情万分地先在他裸露的胸口上吻了一下，然后说："你是王市长，干吗不早说呢？"王市长似乎愣了一下，但当他看到电视上的新闻画面时，立即恢复了常态，忙打着哈哈说："现在你不是都知道了。"就这样，她一直就认定了他是王朝阳，做梦也没想到，原来这副市长竟是个冒牌货。

听到这里，肖义明马上警觉起来，一边示意助手查一查，一边不动声色地问李方全："你能否解释一下你那些钱是从哪来的？"李方全脸上肌肉便不自觉地抽动了一下。当然，这一反应，丝毫没有逃过肖义明的眼睛。正在这时，助手从房间里提出了一个包，放在了李方全面前。肖义明让李方全打开，可是，李方全一见那包，脸色早已是煞白、两腿颤颤了。于是，助手伸手打开来。里面全是钱。肖义明伸手拿出一沓，看了看，然后用食指和拇指夹住一张一捻一揉再一摆，然后"啪"地将钱往包里一扔，对助手说了一声："铐上带走！"

原来，李方全是名正在通缉的贩卖假币的逃犯。

武侠情缘

WUXIA QINGYUAN

跃马识缘

　　跃马纵缰在这山间小道上，正喜滋滋地看两边巉崖风景，忽然，"呼"地一阵风声，由远及近，跃马刚叫一声："不好。"就见一道黑影从头顶掠过，飞到了对面崖上；再一摸，背上的箬笠早已被掳了去，惊得他一身冷汗，同时不禁脱口赞道："好功夫。"但回应他的，却是对面崖上一串银铃般的笑声："江湖传闻跃马上能呼风唤雨，下能斩蛟断龙，可如今一见，不过尔尔呀。"跃马便当胸抱拳，面对巉崖施上一礼，道："那是同道中人对小生的溢美之词，不可置信的；哪位高人，可否现身一叙？"

　　于是，随着一声："接着。"就见对面崖上一团黑影飞来，跃马知道，那是他的箬笠。可当他伸手接住箬笠还没回过神来，就见眼前一亮，一靓丽妖娆的绝色佳人立在了面前。红披风，青箬笠，俏眉眼，浅微笑。跃马翻身下马，再次施礼，佳人也抬起双手，单拳顶掌，回了一礼，说："跃马这般闲适，想必有何开心之事。""开心不敢，不过小生确实有份好心情。""能否告知一二，也让小女子我心情好上一回？"

　　原来，跃马此次进山，是去见他从未谋过面的岳丈林中独往。二十年前，林中独往与跃马父亲水上漂游在百丈岩上一同打败了武林魔头鬼爪子之后，相约两人各自成亲，如若生下一男半女，要是两男，便结世交；要是男女，联为姻亲。这样，两人泣泪分手，各奔前程。近日，水上漂游忽接林中独往飞鸽传书，言曰："得知跃马乃为膝下公子，心里万分欣喜；而今小女青丝，也已长成，请您择定佳期，让贤婿成行天羽山庄，以便替两位年轻人完了婚，如何？"于是，跃马便有了此行。

　　听了跃马的叙述，那女子俏皮地一抿嘴，抱拳施礼道："那恭喜了，只是，你见过你那未婚妻青丝姑娘吗？"跃马便摇了摇头，如实地说："没有。""我听说，你那未婚妻青丝姑娘长得又丑又矮，毫无武功，我劝你不见也罢，不如回去另定姻缘，或者，干脆娶了我算了。""大胆女子，好不羞耻。小生一直对你以礼相待，怎的如此出口伤人？我那青丝姑娘美与丑与你何干？娶你这样的女子，休想。""你不愿娶我？""再要胡言，勿怪我跃马不客气了。"说完，跃马怒容满面，竟握剑在手。"跃马息怒，算小女子多嘴了，告辞。"说完那女子便如一片枫叶，飘去。

　　望着淡去的"枫叶女子"，跃马凭空添了几分不快，怎的就碰上这等女流。不过，想起她刚才的容颜，是那般青春姣美，叫跃马又不禁有些心猿意马。于是，他有点懊恼地摇了摇头，然后继续前行，只是坏了刚才的那份情致。

　　不消几个时辰，跃马便来到天羽山庄，看去，巍峨雄峻，松苍柏翠，劲拔奇伟。跃马情不自禁地脱口赞道："好个山庄。"话音刚落，空中就响起隔胸传音："既为'好个'，何不快快拾级而上。"跃马便知，这是岳丈林中独往在邀请他。他立即躬身施上一礼："小婿谢过。"然后一个旱地拔葱，便上了庄门，再一个鹞子翻身，稳稳地落在了庭院。"好，好。"随着"啪啪"的击掌叫好声，从门厅里走出一位气宇轩昂的长者，这便是林中独往。林中独往边走边说："跃马果然名不虚传，功夫了得。"跃马虽在心中千百次地勾勒过林中独往，但及至真的面对时，他根本没有想到看上去他是如此英年俊雄，一时竟愣在那里，不知如何是好。还是林中独往善解人意，呵呵一乐，说："贤婿不必拘谨，请——"跃马这才很慌乱地行了一个大礼："岳丈在上，受小婿一拜。"林中独往上前一步，扶起跃马，哈哈大笑，喜不自胜，一行人相扶相将，进入厅内，又一一见过若干亲戚，然后分席而坐，拉呱家常。不过叫跃马纳罕的是，怎一直没见到青丝姑娘？但碍于情面，又不便询问。可隐隐地，他感到有一丝不安，虽然林中独往看上去谈笑风生，爽朗乐观，可眼角处，却露着些许忧虑。见跃马在观察自己，林中独往故作轻松地拍了一下掌，说道："啊呀，你看我，光顾着高兴，竟忘了跃马是远道而来，一路风尘，非常疲惫。这样吧，请跃马贤婿入房稍事休憩一下，如何？"跃马当然只"如"不"何"了，行过礼，便随着下人离去了。

可是，一连三天，跃马竟始终未能谋上青丝一面，心里便感到十二分地不解。直到第四天，林中独往仍在上次接见他的那个厅里坐了，问他这几天休息得可好，又问了一些无关痛痒的其他事情，总算切入了正题，对下人唤道："叫青丝过来，见过跃马。"可一见青丝，跃马吃了一惊，你道为何？原来青丝竟是那日途中所遇的"枫叶女子"，不过，这番相见，青丝与上次简直判若两人，丝毫没有那次的俏皮与泼辣，而是一副楚楚神态，难道"枫叶女子"是她的妹妹或姐姐？正疑惑间，林中独往开口说话了："贤侄——"跃马一听，更觉诧异，林中独往不再叫他"贤婿"，而改口叫他"贤侄"，里面肯定大有文章。

果然，林中独往接着说："老夫原想再等些时日告诉你，可是，事已至此，不能再拖了。本来我与你父亲水上漂游为你订下婚约，但你那腹妻不是青丝，而是她姐姐，可是，谁知她姐姐15岁上竟患了一种莫名的病，不治而夭亡了，但为了不负你父与我的一番情谊，当然也是不失信于你，我就将青丝替了她姐姐，许给你。这事我一直没给青丝说过，及至今年年初，才向她细说了一切。青丝闻听你跃马之名，倒也意愿情合。这本是一桩人间美事，可是，前不久，江湖上又新出一名侠士，名曰横刀，想来你也听说过，竟请当今武林盟主前来说媒，要娶青丝。尽管我百般解释，可是，盟主却置之不理，说青丝本来就不是指腹婚约之女，你无所谓失信不失信；而今我亲自前来说亲，你却不允，可是对我的不忠啊。软硬兼施，万般无奈，我只好飞鸽传书，让你速速前来，本想替你们完了婚事圆了房，生米煮成熟饭。不料，就在你上山的同时，横刀也到了，执意要与青丝携手远走，纸再也包不住火了，我只能将情况如实告知了青丝，之前，她还一直蒙在鼓里。青丝闻听之后，说她见过你，决意要顶替姐姐，非你不嫁。双方僵持不下，最后，只好定下了你们比武，以胜者为婿。你看如何？"

"还能如何？"跃马想："也罢，一则青丝确也可人，且功夫了得，值得为她一比，二则呢，那个横刀，明知人家已择定他人，为何还要前来纠缠，正好借此机会好好教训他才是。"于是，跃马躬身一礼，说："一切但凭岳丈安排。"就这样，比武定在了第二天的卯时。

可是，第二天过了辰时，也没见到跃马的身影，人们一片骚动，纷纷猜测出了什么事；只有青丝心里清楚，所以立在一边暗自垂泪。

原来昨天当跃马听说青丝并非是他原定的腹妻，便向青丝提出，想去腹妻生前的闺房凭吊一下，不意在过道上与横刀相遇。他原以为横刀一定是个横眉立目髯虬蛮横的无赖，可其实横刀乃一介书生模样，见了跃马，竟主动右行拱手礼让；及至进了腹妻的闺房，见桌上一木盒，青丝便上前一步，以手抚之，说："这是姐姐生前最最珍藏之物，任何人都不准动它一动，所以，到现在也不知里面究竟有何。现在你来了，不如你打开看看吧。"跃马便上前拿过，端详了一下，觉得此盒与别的毫无二致，想必里面也没有什么特殊，于是，随意地打开了它。可是打开一看，他傻了，原来里面全是腹妻生前为他画的一张张像，尽管他们从未谋过一面，但张张画像，竟是那样的神似。跃马不禁泪流满面，心里万分感叹："这才叫缘定三生呀！"

于是，揣上木盒，长啸一声，跃马离开了天羽山庄……

半张画像

天羽山庄庄主弓上云愁端坐椅上，不怒自威，厅前两旁站着手持火把的家丁，中间一溜立着的，是庄上的一流高手。弓上云愁轻轻"嗯"了一声，然后双手扶椅，站立起来，表情严肃地说："诸位，刚才，庄上发生了一件重大的事情，有贼进了庋藏阁，盗走了我的一件至珍之物。现在，请你们务必在天亮前，将这个窃贼捉拿擒住，但要记着，我要活口。""是。"众人应答一声，各施功夫，散去。望着空了的大厅，弓上云愁不禁有点颓然。

庋藏阁是天羽山庄的一座书楼，位于山庄左后方，共三进，前进为迎宾之厅，中进为吟和之所，后进为藏书之地。前两进已非一般人等可入，不是儒雅名流，连大门也是跨不进的；而后一进，除了庄主外，是其他任何人也不许踏入一步的；宛如少林寺的藏经阁，平时有专门高手把守。这天弓上云愁刚刚躺下，就听下人来报，说是有人进了庋藏阁，他立即翻身跃起，飞步入阁，但打开锁链，所有书籍古玩，全都纹丝未损。正当纳闷时，却猛然发现靠上层第二格有一本书脊略略向外突出了一点，于是，他便过去伸手拿过，一看，内页完整，但独独少了中间夹着的半张画像；而这画像，不是别人，正是他的杀父仇敌上官岳婷。

那还是二十年前，弓上云愁不过才三七二十一岁，正是春风得意肆情之季，除了发妻外，他还常常做出些出轨之举——但他不是"蝶恋花"，而是"花恋蝶"。因为二十一岁的弓上云愁，不仅有一身超群的武功，而且生得眉清目秀，斯文儒雅，文采满腹，深得武林中叔伯辈的宠爱，意欲纳其为婿；更得江湖上女子的青睐，意欲拥衾。

这一日，他正与绝色女娇平原晚秋在庄后的鬼影林偷情缠绵，忽然传来一片哗然，原来父亲弓上惨淡的小妾红杏出墙，一连数日未归，弓上惨淡便向那情敌投下战书，要与其决斗。大房二房两位夫人知晓后，苦苦相劝，让弓上惨淡勿去赴约，但不想，今晚他还是瞒了两位夫人，乔装改扮后去了。刚才的哗然，正是两位夫人哭哭啼啼地召集庄上高手立即出动，找到弓上惨淡，助他一臂之力。听到动静，弓上云愁匆匆地吻了一下平原晚秋，施展"足履微波"轻功，旋即到了庄前，向二位母亲问明了方向，呼哨一声，跃去。

但是，等弓上云愁赶到现场时，还是晚了半步，对手已经遁去，唯有弓上惨淡倒在血泊之中，凭着内力，还维着一丝气力，见了弓上云愁，伸出一只手，努力地说了两个字："报仇。"然后就永远地闭上了眼睛。弓上云愁捧过父亲的手，展开他的掌心，只见他手中握着的，是一幅半张画像；更令他意想不到的是，那画像竟是一位女流。由于只是一半，因此难窥全貌。不过仅这半张画像上的一只眼睛和半边额头，其美艳也叫弓上云愁暗暗惊叹。翻过画像，背面，署着"上官岳婷"四个字。弓上云愁就想："难道这是小妈的画像？"小妈名叫上官岳婷，由于是父亲小妾，弓上云愁虽知她袅袅娜娜，美宛绝伦，但碍于长幼有别、纲常有序，还是从来不敢多想，也未曾细观其模样。

葬了父，慰好母，弓上云愁便一心想着"报仇"二字，于是便四面打听，八方寻访起上官岳婷来。可是，上官岳婷仿佛一下"蒸发"了似的，探究不到任何资讯。待他精疲力竭地回到天羽山庄，这才想起已好久没有与平原晚秋见过面了。可是再一打听，平原晚秋也似黄鹤，不知了去向。久而久之，上官岳婷也好，平原晚秋也罢，从弓上云愁的记忆中，便渐渐地淡去了。

而今画像失窃，一下又勾起了他的"记忆"，往事历历在目，不禁叫他既惊且喜。惊的是此人能无声无息地入得山庄，潜进皮藏阁，盗走画像，其功夫不说超出自己，但也绝对不会在他之下；喜的是，画像是上官岳婷，盗"上官岳婷"，说明不是上官岳婷本人，至少也是上官岳婷的至交亲人。只要沿此线索追查下去，不愁解不开一直藏在他心中的谜团，那就是父亲的情敌怎么会是一个女人？

可是，庄上的各大高手折腾到东方日出，也一无所获。

大厅里，弓上云愁正对着各路人马，一时无计可施暗自丧气之际，忽见一道星光破空而来，惊得他忙一招"空中剪月"，将那"星光"接在手中，原来是一枚信镖。扔了镖，展开信，只见上书："欲拿画像，今晚月上柳梢，鬼影林见。但切记，只身一人。"没有落款。看罢镖信，弓上云愁略一思忖，挥了挥手，说：

"各位辛苦了，请回罢。"

待到弦月冉冉挂上枝梢，弓上云愁着好劲铐装，束紧英雄带，蹬上圆口鞋，将那柄"空穴来风"剑拭了两拭，然后犹似一阵轻风，拔地跃起，直奔鬼影林。

鬼影林中，三株绿树两片翠竹后面，有一块空地，平坦，方圆。弓上云愁悄没声息地落下，抬眼看去，只见月下，一俏丽婀娜的背影，正面对清月吟诵着一首古诗，听不真切，但叫弓上云愁感到那声音如划铮弦，曼妙柔心。一诗罢了，弓上云愁仍在竖着耳朵，还想续听。不料，那女子居然早已发觉了他，说道："人已既来，又何掩窥，岂不是偷鼠之辈？"弓上云愁不禁大吃一惊：如此老道的话语，实难与浪漫的身影相衬；只好立起身，轻咳一声，走上前去。可刚要开口，孰料，那女子竟倏地一招"倒转乾坤"，在空中翻转过身，头朝下，脚朝上，分剑便刺。仓促间，弓上云愁不敢硬接，忙一招"旋风十八转"，滑出一丈开外。可是，他立足未稳，那女子又一招"明月弄花影"，紧随而至。弓上云愁只得以"秋风扫落叶"式避开。一招刚过，那女子跟着"平地起惊雷"又到。无奈，弓上云愁只得急出一招"五鸟放歌"，逼停那女子。

待那女子站定，弓上云愁这才看清她的容颜。原来她不过十七八岁，生得一副楚楚模样，看了叫人心疼。单看容颜，实难与刚才的那"狠毒"招式相联。弓上云愁当胸抱拳，施上一礼，道："姑娘与老夫并不相识，适才为何不答一言，就出狠招？"那女子居然俏皮地一笑，说："你不相识我，我可相识你呀，你不就是天羽山庄庄主弓上云愁吗？""正是。敢问姑娘芳名？""我呀——"女子

莞尔一笑，说，"我姓大，名姑，你叫我大姑好了。"弓上云愁一
听，不禁火起，心想："哪来的小野女，如此没有教养？待我来好
好教训教训她。"正待要发作，忽一中年妇音破空而至："秋婷
儿，休得无礼。"话还未落，人已稳稳地立在了当前。弓上云愁搭
眼一看，着实吃了一惊，只见她大约四十上下，身材却也窈窕，可
是那脸上，好似被鬼挠了一把，左一道右一条疤痕，森森吓人，乍
一看，叫人不免要倒吸一口凉气。见弓上云愁那副模样，知他是被
她的形貌给吓住了，也不介意，提袖冲弓上云愁施上一个万福，
道："小女适才不敬，老身代为赔过了。"人家礼都赔了，还计较
什么，弓上云愁也就将火熄了，剑柄下转，双掌抱拳，还上一礼：
"无妨。""娘——"秋婷儿撒娇地拉过那老妇，"他就是天羽山
庄庄主弓上云愁啊。""娘知道。""可他……""不许你再多
嘴。"老妇打断了秋婷儿。弓上云愁一边就想："这母女俩今晚约
我到此，其意图究竟为何？还有那半张画像是否她盗？如是，又为
哪桩？如不是，她们又为何约我？"他这边正胡猜乱想着，那边
不知为了何事，秋婷儿竟撒娇地一边往后退，一边双手背在身后
藏着，老妇正向她索要什么："秋婷儿，再不听话，娘可不理你
了。""不嘛，我要拿给他看看。""不许拿。""偏要拿。"一
个要拿，一个不许，母女俩在那似玩起了"牵羊"的游戏。瞅了个
空，弓上云愁忽地出手，一下抓过了秋婷儿背着藏在身后的一卷画
轴，然后迎月一抖，几乎是同时，三人都叫了一声："啊！"秋婷
儿是喜，老妇是嗔，弓上云愁是惊。原来那画轴，是两个半张，显
然才黏合不久；而其中半张，正是天羽山庄庋藏阁中丢失的那一
半。而更叫弓上云愁吃惊不已的是，那画上的人，竟是——

"平原晚秋！"弓上云愁脱口叫道。

　　"是呀。"老妇没答言，秋婷儿一旁搭腔了，"这下你可知道我娘的美貌了吧。"

　　而当弓上云愁望向那老妇时，那老妇立即露出了一脸的惶然和不安。"真的是……你？真的是平原晚秋？"弓上云愁语无伦次地瞪着眼睛问道。

　　平原晚秋便忸怩地点了点头。

　　弓上云愁使劲地眨了眨眼，不禁又问一遍。当再次得到证实后，他一下扔了"空穴来风"剑，跳了过去，伸手就要去抱平原晚秋。但伸出的手，在空中忽又停了，一团疑云猛地袭上心头："可是，可是，那照片上，不是明明写着上官岳婷吗？还有，父亲临死前，将这半张画像递给我，也明明交代要我替他'报仇'，这……"弓上云愁一边望着平原晚秋，一边结结巴巴地将自己的疑惑说了出来。

　　平原晚秋便轻叹一声，向弓上云愁叙述起了那段不堪回首又叫人魂牵梦萦的往事。

　　原来，上官岳婷就是平原晚秋，平原晚秋就是上官岳婷。那日，她与弓上云愁在鬼影林中正缠绵着，不想弓上惨淡寻踪赴约，惊动了大房二房，待弓上云愁听到动静跃开后，她也惶惶地离开鬼影林，急急地奔向山庄右侧，想绕道潜伏回去。不想，竟在半路上与怒气冲冲前来"会战情敌"的弓上惨淡相遇。由于弓上惨淡为躲大房二房而乔装改扮过，所以，当他突然凌空探出，一把抓住上官岳婷准备送给弓上云愁而刚才只顾亲热未来得及送出藏在身后的画像时，上官岳婷本能地一手抓住画像，一手拔出护身腰剑，返手便是一招"斑鸠回望"，刺向猝不及防的弓上惨淡。弓上惨淡倒地的刹那，手里还死死地抓着那幅他以为是他情敌的画像，竟至撕扯成了两半。上官岳婷也来不及细看，见偷袭他的人被她一剑刺倒，忙带了手中的半幅画像，慌慌地向庄中赶去。

待上官岳婷假意从房中走出来时，有消息报到，弓上惨淡已死于非命，而且弓上云愁正手持着"杀父仇人"的半张画像，全力搜捕。这才知道刚才刺杀的不是别人，正是弓上惨淡；而她所相好的情人，竟然就是他的儿子。一时羞愤，无地自容，怒啸一声，腾空飞起，从此自毁了容颜，在江湖上消了音迹，于一偏远山乡，择一蜗居，过起了农妇生活。而彼时，她已怀有身孕两个多月了。

听完了平原晚秋的叙述，人至中年的他们，不禁都唏嘘不已，尤其弓上云愁，简直一时难以接受。自己心爱的女子，竟是父亲的小妾，他的小妈，且还是她杀死了生父。一时情不能已，差点儿就要晕倒。而在一旁的秋婷儿，却噘起了小嘴，冲平原晚秋嚷道："娘，我只知道你年轻时有两个名，在你两个名中各取一个字做了我的名。可是，你却从来没有告诉过我，你和天羽山庄还有这些个干系呀。""娘本也打算一辈子不说的，还不是你惹的祸？进了庋藏阁，偷了这半张画像……"

这话还得要从前不久的一天说起。那天有人上门为秋婷儿提亲，平原晚秋一时兴起，与秋婷儿弄了两碟小菜，母女俩竟学起江湖好汉，拉过凳，摆上盏，喝起酒来。喝着喝着，渐渐地，平原晚秋便沉浸在了往日的时光里，说当年你母亲也和你现在一样漂亮着呢，秋婷儿就不信似的问："娘年轻时真的很美吗？"平原晚秋就说："那当然，你是觉着现在这个老太婆不配有花容月貌吗？""娘，不是啦。我信，我信你那时的确很靓丽，可是，你现在这样儿，实在是叫我难以想象你那时的美。""你不信？"秋婷儿就望着平原晚秋笑。平原晚秋一时来了孩子气，说："不信，我去拿画像给你看。"然后从箱底翻出一卷用红丝绢裹着的小包，可当她将绢包打开，把画像拿在手上时，这才想起画像只剩了半张，于是不免有点尴尬，但她还是展了开来，对着秋婷儿说："你看，这就是你娘。"可秋婷儿颠过来倒过去，仍难窥其完整面目，就说："怎么就只半张，还有一半呢？要是有那半张，才好看得真切呢。"平原晚秋就说："你真的想看？""那当然。""好吧，我现在就告诉你个地址，有本事你自己去拿来好了。""在哪？""在天羽山庄的庋藏阁里。不过，那个天羽山庄庄主却不是一般的人物，武功了不得，你可要小心些哟。"就这样，秋婷儿经过精心打探、踩点，最后终于盗得了那半张画像。回来后，合二为一，领略到了母亲当年的丰姿。不过，关于上官岳婷与弓上惨淡、平原晚秋与弓上云愁一节，她却是一分不晓，半分不知，她只是在将两个半张画像黏合时，发现过背面的"上官岳婷"四个字，问过平原晚秋，这名是谁，平原晚秋倒是挺坦然地承认说就是她，她曾有两个名，而这两个名与弓上惨淡和弓上云愁的纠葛，她竟坠了五里雾中。现在听了弓上云愁与平原晚秋这么一番叙述，她愣愣地听得呆了。这样说来，娘曾是他们父子两个的情人，啊呀，这，这太不可思议了。还有，还有，那我秋婷儿究竟是弓上惨淡的女儿还是他弓上云愁的女儿……想到这些，她就后悔了，后悔不该一时好奇顽皮，在听母亲说过那天羽山庄庄主年轻时如何英俊枭雄，并多次提到山庄的鬼影林，就用信镖约出了他。

秋婷儿正这么一边暗自想着，这时平原晚秋拉过她的手，递给弓上云愁说："这是你的女儿，你看，可与你相像？"一听这话，秋婷儿本能地缩了下手。平原晚秋便用另一手轻轻地拍了拍她的头，说："秋婷儿，他就是你的父亲。"

弓上云愁一见面前不仅站着昔日的情人，而且昔日的情人还给他送来了一个如花似玉的女儿，不禁喜不自胜，张开双臂，就将秋婷儿搂进了怀里，说："孩儿，你受苦了。"说罢，竟流下了激动的眼泪。可没想到，秋婷儿一下挣了出来，满脸绽红，什么也没说，一甩手，一跺脚，一招"乘风逐飞燕"，纵身逃开了。弄得弓上云愁一脸的无奈。还是平原晚秋平静，安慰他说："突然认亲，她可能有点接受不了，待我回去再劝劝，很快就会好的。"说完，随着秋婷儿，一招"玉蝶迎花舞"，也翩然离去。

弓上云愁弯身从地上捡起刚才秋婷儿扔下的画像，望着她们母女离去的方向，由刚才的大喜一下跌进了失落，觉得整个心胸一片空蒙，怅然非常。

回到卧室，弓上云愁将平原晚秋的画像恭恭敬敬地粘贴在床头，朝晚起卧，都将其看上一会，思上一回，念上一遍。以至他对她们母女的惦记，越来越揪心，可又苦于不知她们身居何处，住在何方。只能如此受着煎熬，就这样，转眼，几个月就过去了。

这一日，弓上云愁正手抚茶壶，暗自伤感着，忽然有人来报，庄外有一丑妇携着女儿求见。弓上云愁一听，再问长相，断定是平原晚秋母女，立即抖擞精神，亲迎上去。一见，果然是平原晚秋。平原晚秋仍一如既往，见了弓上云愁，提袖屈膝，施上万福；而秋婷儿，却似换了一个人，一脸的灿烂，非常舒爽，见了弓上云愁，也不顾还有家丁下人在场，竟一手按剑，一手指向弓上云愁，说："庄主大人，为何还不快快叫我一声大姑——娘。"她还没忘那第一次见面的顽皮"姓'大'名'姑'"。好在，这次她后面加了一个"娘"字，叫成了"大姑娘"，这也未尝不可。倒是那个"娘"字没出口之前，将平原晚秋惊了一吓。于是，一干人等说说笑笑，回了庄内，进了大厅，分席坐下。弓上云愁便试探性地向平原晚秋打探："今天，你们母女前来……"平原晚秋就接过话头，说："我们今天来，主要是让你女儿认亲，这是一；二呢，我也想借这个机会回来看看，毕竟一别几十年了啊。"一席话，说得弓上云愁不知是喜是悲。但他很快便控制住了自己的情绪，吩咐道："快，快请夫人太太出来，我们的女儿回来了。"

可是，弓上云愁的话音还未落，一个苍老的声音却由远而近飘至："且慢。"随着门庭一阴，一个人已落在了厅内，众人抬眼望去，只见来人约莫五十上下，一身出家人装束，立定之后，双掌合十，口中念了一声"阿弥陀佛"，然后不动声色地问道："弓上云愁庄主，你敢肯定这秋婷儿就是你的女儿？"话音不大，却将在座的弓上云愁、平原晚秋震得一晕。弓上云愁当然不敢肯定，他只是听平原晚秋在说；平原晚秋呢，见了来人，早已是紧咬银牙，现在加上他这一句，不禁恼羞成怒，大喝一声："何方来的秃驴，在此胡言乱语？再不快滚，休怪庄主无礼了。"说着，就望向弓上云愁，那意思是说"别听他一派胡言，这等秃驴，还不快快赶出庄去"。但弓上云愁伸出一只手朝平原晚秋按了按，示意她暂且不要激动；然后微笑着望向大师，问道："敢问大师法号？""阿弥陀佛，在下法号原知。""原知大师，我不敢肯定秋婷儿是我的骨肉，你又怎么敢肯定秋婷儿不是我的血亲呢？""施主请想一想，当年你的先父弓上惨淡是给他的情敌下了战书，约了时辰地点，又怎会出现在半路上夺画一事？再说，你可否接过'战书'？还有他将画交给你时明明要你替他'报仇'，如是上官岳婷，他又怎会说出这两个字？"弓上云愁不觉颔了颔首。原知大师进一步说："你再想想，当那晚出事时，你与上官岳婷正在鬼影林，她又怎么会出现误杀一节？退一步说，真的是误杀吧，作为他的小妾，理应守在他身边，悲痛悔恨才是，却又为何从此淡出了江湖？"原知的一番发问，叫弓上云愁一时还真摸不着头脑理不出头绪来。这时，一旁的秋婷儿问了一句："那原知大师，你对我的身世非常清楚嘞？""罪过罪过。"原知大师忙仄起手掌，说："老衲当然清楚。"秋婷儿毕竟年少，一听原知清楚她的身世，忙跳了过去，拉住他的手，说："快说，我的生父究竟是谁？"哪知，原知大师开口的一句话，竟叫在座的每位都大吃一惊，他说："秋婷儿，我才是你的生父啊。""什么？"秋婷儿一下惊得眼珠都要从眼眶里跳出来。"是的，你是我的女儿……"

孰料，原知与上官岳婷原来竟是一对师兄妹，十岁上下，辞别爹娘，上得白云山，拜师习武，及至二八，青梅竹马，早已是情投意合，瞒了师傅，二人常以习艺为名，躲于深山野壑，溪畔崖边，调笑兮青春，戏玩兮男女。那日师傅在解说天下兵刃之精粹时，再次点到天羽山庄的祖传之珍品——"空穴来风"剑时，上官岳婷不禁心念一闪，生出一计，避过师傅，与原知细说，如此这般，这般如此，然后借故云游，以识江湖，臻善其功，告别师门，双双结伴，下得山来。几乎没费多少周折，上官岳婷便成了弓上惨淡的小妾。初当小妾之时，她还恪守着与原知的约定，只是假意成亲，实为伺机夺剑，但那弓上惨淡又是何等英雄，没过多少时日，便将个上官岳婷心身俱俘。只是苦了原知，见他们真的做起了夫妻，心里五味乱翻，终于瞅得一日，约出上官岳婷，严以责问，宽以明理，望她有个回心转意，不忘使命。上官岳婷似也醒悟，觉出悔意，只是称她已身怀弓上惨淡的骨血。原知一听，立马火冒三丈，上官岳婷一见，忙又改口，说："骗你呢，你还真信呀？"然后称那个弓上惨淡十分精明，"空穴来风"剑她倒是见过，但那剑谱，却是不仅不曾见过，而且始终就没曾听说过。于是，一番月下云雨之后，二人又是一番窃窃，一计不成，再生一计，主意打在他唯一的儿子弓上云愁身上，意欲由他再去盗出想要之物。于是，便又有了"平原晚秋"一节。不想，终于一天，他们的偷情被弓上惨淡看出了破绽，逼问再三，上官岳婷只好谎说遇上了另一美男。于是，弓上惨淡便爱妾心切，下了战书，约了时辰，定了地点，要与那情敌决斗。只是他不知，这"美男"，除了原知外，还有一个他的亲生儿子弓上云愁。而决斗时，显然是不能让弓上云愁在场的，否则，一切都将"穿帮"。于是，到了约定的时间，原知和弓上惨淡见了面，上官岳婷便拿出一张自己的画像，说："你们谁最后能拿着这幅画像，我就跟了谁。"然后丢下画像，留下他们二人，径自离去，转身找到了弓上云愁，缠住他，以免他们的计划暴露。

上官岳婷离开之后，弓上惨淡与原知一话不说，便动起手来，直打得云藏月躲，树摇林晃，原知卖一破绽，佯装败走，弓上惨淡不知是计，沾自为喜，伸手拿过画像，哪知原知突然回身，一招"破空飞鹤鸣"，将剑插进了弓上惨淡的肋间，伸手欲夺画像，不成想那弓上惨淡虽然中剑，却仍死死抓住画像不松手。这样双方一扯，"哧"的一声，画像被撕成了两半，恰在这时，原知闻得一阵风声，知有人正向这边急急飞来，于是，拿了半张画像，一招"乘风上柳梢"离去。而来的那人，正是弓上云愁。因此，弓上惨淡所说的"报仇"，实为告知弓上云愁杀他的人是原知，只是实在无力再说，一命归天罢了。

其实，原知只是想要剑谱，并不想要人命，而现在不仅剑谱未得，而且伤了人命，心中自觉有些愧意，见了上官岳婷，不免就埋怨了两句。哪知那上官岳婷竟对她的平原晚秋角色非常醉意，原知一时恼怒，伸手摘下一把树叶，以暗器之功，劈面向她打去。上官岳婷没想到原知会来这一手，躲闪不及，面门被扎得血肉模糊，破了那"娇美"之容，毁了那"摄魄"之相，大叫一声，一式"翻云乱作山前雨"，掩面腾空而起，从此不知了去向。而原知则一时情郁于衷，不禁万念俱灰，也一招"横舟欲渡独木桥"，用掌一连砍断树木无数，带着一双血淋淋的双手，弃了江湖，剃了乌发，入了寺庙，取了法号，做了和尚。

却不想，最近一个偶然的机会，他得知了上官岳婷的下落，并得知她对那"空穴来风"剑谱仍耿耿于怀，且她还有一女，也已长成，出落得如当初上官岳婷一个模样，美艳绝伦，在其母的教导下，习得一身好武功，练得一手好剑艺。细细算来，可不正是他当年与上官岳婷的月下云雨之作。正想寻一时机，前去相认，哪知，上官岳婷已携秋婷儿去了天羽山庄，要去认亲。

于是，便急急赶至，抖出了这一幕，想以自己经年深修的道行，化解掉上官岳婷的不良居心。原知大师说完这一切，刚刚低眉合十，一句"阿弥陀佛"还只念了"阿弥"，那上官岳婷却突地跳起，一招"闪电出鞘"，等在场的人反应过来，原知大师已一声不响地倒在了地上，胸前插着一柄短剑。弓上云愁不禁怒火中烧，"嗖"地亮出"空穴来风"剑，大吼一声："好个平原晚秋，好个上官岳婷，你不是苦其心志地要得到'空穴来风'剑谱吗？好，我现在就让你见识见识。"说完，飞身连出三招。一招"星光灿烂"，直指上官岳婷的面门，上官岳婷斜身一招"乌云遮月"接过，可是将近未近时，弓上云愁手腕一抖，变为"百灵轻啼"点向她的胸前；上官岳婷又忙以"狂风摧林"来接，谁知，弓上云愁却剑锋一沉，转为"花落流水"式，刺向其腹部。只听"噗"的一声，"空穴来风"正中上官岳婷小腹。

秋婷儿见状，不禁柳眉倒竖，挺剑就要与弓上云愁搏杀。而弓上云愁竟不搭理，却收剑入鞘，只轻叹一声："秋婷儿，你究竟是谁的女儿？"一句话惊醒了她，忙俯下身，抱起上官岳婷："娘，娘，我究竟是谁的女儿？"上官岳婷努力地睁开眼，望着秋婷儿，嘴唇动了几动，却只说出"你是……"便一口气没缓过来，双眼一翻，两腿一蹬，归西而去。

于是，秋婷儿的身世，竟成了绝谜。

西风瘦

风摧野草草更青

1

残月。冷光。孤灯。空盏。

"脚点叶尖任纵横"的草里钻一手按着乌鞘中的绕指剑，一手端着早已枯干的盏，望着洒满清辉的院落，寂然不语。

突然间，一片落叶般的风声。草里钻不禁精神一抖，知道，他来了。

是的，草里钻知道他会来。当昨夜草里钻踏月归来，陡见老母吊死卧房，哥嫂侄儿横尸后院，妻子撞破井壁，除了小儿外出游玩未归幸免于难，其余一家单九口尽死了七口，并于廊柱上短匕戳一纸条，上书："庄外五里碎杯亭有酒恭候。"草里钻在见了纸条，回身一一拜过各具尸身后，腰中那柄绕指剑便开始躁动不已。

他是谁？草里钻并不知道。为何如此残忍竟要灭绝草家一门，草里钻更是不知道。草里钻一生光明磊落、为人忠实、办事公正。为国家，竭尽肝胆；为百姓，鞠躬尽瘁。因而，朝中奸佞，寇中乡党，乃至江湖败类，没有不对他敬之三分，恨之七成的。但究竟谁敢如此胆大妄为，一下几近灭了全门，却着实让草里钻纳闷。

果然，来了，但不是他，而是五个鼠辈，罩着黑套，手握青刀，正如鬼魅般蹑手蹑脚地向屋内摸来。难道真是这人称"黑头五魁"干的？不对。他们虽然恨我草里钻曾肇过他们的老窝，断过他们的财路，但他们的三脚猫功夫，绝对不能杀他一室七口，就连老父一人，对付他们也绰绰有余。但他们怎知草里钻在这里，且正前来杀他？草里钻轻蔑地冷冷一笑，笑他竟如此卑鄙地用这"黑头五魁"的五条性命来投石问路。

此时，"黑头五魁"已摸进门来，见草里钻正望着他们，眼光是那么凌厉，不禁都打了一个寒战。但随着几声哇鸣，他们却又忽地不知死活地呐声喊，齐齐向草里钻举刀杀来。草里钻知他们受了蛙功牵制，失了心智，但"黑头五魁"的刀已然到了胸前，上奔面门，中走胸肋，下刺腹股，叫他让让不开，躲又躲不掉，万般无奈，只能出招，就地一旋，身动剑出。只见桌上烛光抖了一抖，"黑头五魁"便次第倒了下去，血洒一地。

草里钻看了看手中空盏，不禁微叹一声。然而，就这一叹之间，他竟站在了草里钻面前。

"酒喝了吗？"

"喝了。"

"好喝吗？"

"好喝。"

"那就送你上路吧。"

叮当一声，剑光一闪，空盏碎了，孤灯灭了。

万籁俱寂。

这时，天色熹微。透过熹光，门口，探进来一个圆圆的脑袋，瞪着一双大大的眼睛，惊恐地大叫一声："爹——"这一声，如晨光般，一下撕开了这凌晨的静谧。

2

暮色四合，岚雾升腾。可是，在野外玩疯了的草家小子却忘了回家门。待玉兔爬上树梢，这才感到腹中已饥，于是，一边跳着蹦着一边往回走。可是，当路过村头的破庙时，却闻到一股烧烤的异香，于是，禁不住地吸了吸鼻子，抬起那双满是泥沙的脏手擦了下嘴巴，止不住地向里窥望。只见里面一个老叫花子，须眉皆白，衣裳破烂。不过，须眉虽白，但精神矍铄；衣裳虽破，却很干净。他正一手抓了个酒葫芦，一手撕扯着一只烤鸡，痛快地在那大啖着，头都没抬，便招呼了一声："小子，来来，陪你爷爷坐一会。"

草家小子原是生在习武之家，因而各色人等见过不少，由是无论生人熟面，倒是从也不怯，当下便走了进去。

"爷爷，你吃的是什么呢。这么香？"

"烤山鸡。"

"好吃吗？"

"好吃。"

"怎么好吃？"

"臭小子，尝尝不就知道了。"

老叫花子心下一乐，暗道："这小子机灵着呢。"便递过一条鸡腿。草家小子呢，心下也是一乐，自己明知故问，终如愿以偿。

接过鸡腿，草家小子夸张地凑鼻子上闻了闻："唔，好香。"然后转身就要出去。老叫花子可不答应了："嗯，你就要走了吗？"小子回过头，忽闪忽闪着大眼睛，说："爷爷，我已经吃了你的鸡了，不走，难道你还要请我喝酒？"一句小大人的话，逗得老叫花子"哈哈"大笑。"好，好，老叫花子正一个人嫌喝着闷，来，咱爷俩喝。"小子犹豫了一下，但还是走了过去。平时见爹他们喝酒时，是那么的有滋有味，想必这物什比烧鸡的味道不会差哪。于是，接过酒葫芦，张嘴就来了满满一大口。可是，刚一进嘴，他就后悔了："妈呀，这是啥味啊？"可是，自尊心却不让他吐出来，硬是生生地一咬牙，"咕嘟"一声，吞了下去。仿佛一道火苗似的，从喉咙直燃到小腹，接着引向五脏六腑。弄得他又是皱眉又是龇嘴的，那模样，叫老叫花子越发地开怀不已。

爷儿俩这么吃着喝着，不知不觉，两人就都喝得高了，晕晕乎乎，相继沉沉睡去。却不知，这一醉，一睡，竟让草家小子躲过了一劫，为草家留下了一条根。

待一觉醒来，已是第二日的满地银辉。不知什么时辰了，草家小子慌慌忙忙爬起身，便往家跑。

可是，当他来到家门口，见大门洞开，往门口一站，一股血腥之气竟直冲得他连打了几个寒战，再奔进堂上一看，天哪，一家人全倒在了地上，只是不见了爹。于是，他发疯了般满庄上下地找了起来，直到找至爹经常去的碎杯亭，才见爹草里钻两眼圆睁，右手依然紧紧地握着那柄绕指剑，倒在血泊中；但左手，却用血在地上写了一个"蛙"字。那血迹，都已於结，在月光下，泛着森人的阴冷。草家小子死死地盯着地上的那个血写的"蛙"字，没有哭，只是泪顺着脸颊无声地滚落。

不知何时，老叫花子已站在了草家小子身后，良久，走过去，伸手合上草里钻的双眼，从他手中拿过那把绕指剑，然后递与草家小子，轻轻地说了一声："小子，原来你是草家的小子。"草家小子哽咽着点了点头。"你叫什么名字？""我还没有名，爹总是喊我'小子'，不知算不算？""哦——"老叫花子沉吟了一会，幽幽地道："老叫花子就给你起个名吧，他叫草里钻，你就叫草中飞吧。"然后转向草里钻尸体："嗨，我说你呀，连个孩子的名都不给起就走，还要害我老叫花子……"说着，上前一步弯下身，轻轻地抱起尸身，说一声："走，老叫花子送你回家。"

两人回到草家，将个个尸身擦净，按长幼顺序排于堂上，让草中飞叩拜之后，一把火，将宅子点燃。

这时，天光四亮，那轮大火，仿佛霞光一般，映红了天空。

3

忽忽三年，草中飞已高出一个人头，屈指算来，已是一十二岁。这三年，老叫花子带着他由南而北，讨遍了大江南北。如今想来，那种开始乞讨的日子仍历历在目。

　　自从一把火烧葬了草家单八口之后，老叫花子便携着草中飞四处流浪。渴了，趴在井边、河边、塘边，伸出双手，掬喝个饱。可是，那饿了，他们不偷、不抢、不劫，况且，叫花子本来就是干的乞讨营生，因而，就只有乞讨。可是，草中飞小小年纪，却任老叫花子怎么劝说，就是不跪求、不伸手、不告讨。起始，老叫花子也不理睬，想他饿得急了，谅也不会就这么站着撑着。可是，两天下来，老叫花子知他想错了，这小子恁强，就是不弯腰。

　　老叫花子见他那副小模小样的"铮铮铁骨"，心中既是心疼，又是欢喜。心疼的是别把孩子饿坏了；欢喜的是，草里钻可以安眠于地下了。

　　后来，时间长了，草中飞见老让老叫花子讨来给他吃，就有点过意不去，而且正好其时老叫花子受了风寒，病倒了。于是，草中飞这才捧了碗，依老叫花子样，开始了这难忘的经历。

　　三年中，见过多少嘴脸，受过多少白眼，遭过多少奚落，而今草中飞都已能心平气安，置之一笑了；而这，正是老叫花子的目的所在。

　　这日来到一座山下，抬眼望去，郁郁葱葱，高耸入云，草中飞正要叹赞这山势的峭峻、伟雄，回头却见老叫花子眼噙热泪，正无限深情地望着他。见草中飞回过头来，忙掩饰地抬眼向山巅望去，问道："这山可高？""高。""可好？""好。""那你就留在这里干不干？"草中飞脱口而出："干。"但一回头，却见老叫花子神色异常伤感，知他不是玩笑，当下心中一凛，道："不干。"老叫花子伸手抚了抚草中飞的头颅，安慰地笑了笑，从怀中掏出一物，乃一玉笛。草中飞跟随其三年了，却从未见过。老叫花子拉过草中飞，道："小子，你跟随我老叫花子三年了，如今就要分别，老叫花子一生乞讨，身无长物，就将这支物什赠予你吧。但你要切记，这物什可是老叫花子的命根子啊，千万千万不要弄丢了。"草中飞一听说是老叫花子的命根子，忙要缩手，说："既如此，我不要。"老叫花子轻叹一声，说："傻蛋，你拿了这物什，沿这台阶一直向上，爬到2800个台阶时，便有一庙，庙中有一原知和尚，你去找他，他见了这玉笛，自会教你一切。"然后硬是将那玉笛塞进了草中飞的手中。

一则草中飞毕竟还只是个十二岁的孩子，见这峻美山景，早有十二分羡慕；二则，这三年的东奔西走，见多识广，也早染了一些顽气。当下见老叫花子如此一说，接过玉笛，提脚便就上山。待走出十多步，忽闻老叫花子长息一声，这才心中一颤，忙转过身来，然而，却哪里还有老叫花子的影儿。草中飞发了一会儿呆，又发了一阵子愣，然后看了看手中的玉笛，便依老叫花子之言，向山上攀去。不肖几时，草中飞便登上了2800个台阶。果然，一庙依势坐落，庙中钟磬不绝于耳。草中飞有了这几年的"江湖"经验，一点不怯，径直入殿。见过一个和尚，忙稽首打听原知。和尚仄掌答过之后，便将草中飞引向后院。院中一老僧正闭目打坐，和尚默立一旁一直不曾开言，草中飞不解地望望老僧，望望和尚，终于忍不住，问道："您就是原知和尚？"原知见有人直呼其"和尚"，而不叫他"大师"，便睁了眼睛。见原知睁了眼，那和尚就告退了出去。原知略略打量了一下草中飞道："老衲正是原知，不知小施主有何贵干？"草中飞见原知那不紧不慢的语调，觉得有点好笑，答道："是老叫花子让我来找您的。""老叫花子？"显然，原知一时没有想起来"老叫花子"是谁。便用眼再次打量草中飞，忽见他别在腰带上的那支玉笛，不禁惊喜讶然："师兄何在？"草中飞以为他在呼别个和尚，一时没答。原知便再问道："小施主，送你这玉笛的人呢？""你是说老叫花子呀，走啦。"原知和尚愣了一下，然后立起身，竟对着草中飞仄起一掌，说了声："造化啊。小施主，拜我为师的吧！""拜师？"草中飞一时没转过筋来。"拜你为师？"原知略略一笑，算是回答。草中飞心想，也好，拜过师就有师傅了，有师傅就有武功了，有武功了就能替爹报仇了。于是，草中飞当下趴在地上，倒头便拜，一连磕了三个响头。

可是，正当草中飞站立起来，侧门却"砰"地一下被撞开了，闯进一个人来。

4

来人敦敦实实，高门大嗓，确是有违佛道。人未见，声已到："老要饭的回来了吗，二师兄？"进了门来，却见是一个毛头小儿，吃了一惊，"咦"了一声，道："怎的不是老要饭的？"原知稽了一首，说："了空师弟，莫要鲁莽，吓了徒儿。""徒儿？喂，二师兄，何时你收了徒儿了！""师弟，你看他那玉笛。"了空便不顾草中飞捂着腰中的玉笛，竟一下抽了出来。"这个老要饭的，自己相中的不教，却要来烦我们。"

原来，那老叫花子竟是这寺中的非本大师，只是生性愚顽，遂蓄了发做起了俗家叫花子，借以云游四方，但他与原知、了空有约，见笛如见人，并言凡持笛人说出哪位法号，那么，哪位便是那

/119/

位的师傅了；非本可没那个闲心、耐心、恒心去教习什么徒儿呢。既是非本选中，可见此人肯定有其非凡之处，因而，原知便毫不犹豫地收下了草中飞。了空围着草中飞转了一圈，然后老顽童般地在草中飞头上轻扣了一下，自言自语道："这老要饭的，怎么不替和尚我了空找个徒儿？"接着便问草中飞跟随老要饭的几年了。草中飞答曰："三年。""三年！"了空竟不相信地眨巴着眼，继而嘻嘻一笑道，"这个老要饭的，连起势都没教过你吗？"说完冲原知做了个鬼脸，"二师兄，这下你可有事做啦。"说完，竟拉了草中飞的手跑了出去；身后传来原知的叮嘱："师弟，可不要带坏了我徒儿。"

从此，草中飞便留在寺中，随着原知、了空，练起了功，习起了武。

草中飞原本不笨，再加上父亲惨死之状时时浮现，因而，没习五年，便已尽得两位大师的精绝之技。一支玉笛，早已被他使得出神入化，静时可奏娓娓清音，武时可当铮铮青剑。

这一日月色正好，草中飞练过一通功夫后，选一石块坐了，横起玉笛，吹起了《月影婆娑》，其曲悠悠扬扬，如蝶飘飘，正自动情处，却忽闻了空大师咋咋呼呼："草中飞，草中飞。"草中飞只好停了笛，起身应了一声。不料，了空却拉了一个看上去不过七八岁的小女孩来，见了草中飞，将那小女孩往前一推，道："你看，你看，那老要饭的，也给我收了个徒儿。"又转向那小女孩，"快，叫你师兄。"小女孩便怯怯地叫了一声："师兄。"喜得了空"呵呵"大笑，复又拉了她，欢欢叫叫地去了别处。

这个小女孩，便是日后为情所困而遁入空门最终又女扮男装成为沙漠一胡杨七星瓢棰的落梅师太，这里按下不表。

却说草中飞随着武艺精进，年岁渐长，替父报仇之心，便也就与日俱增；父亲临闭气时那个未写完的"蛙"字，究竟何意，便时时萌生脑际，因而不免就有些郁郁寡欢，心事重重起来。而这一切，又焉能避过原知大师的眼力。由于草中飞是非本师兄代收的，因而，草中飞不说，他也就从未问过有关他的过去。而今见草中飞如此心神不宁，便不由得不问了。草中飞也不隐瞒，便将自己的心思对师傅和盘托出。听过"蛙"字，原知大师沉吟半天，轻叹一声，仄掌一句"阿弥陀佛"，说道："徒儿，你择日下山去吧，这般凡间尘事，终是要个了结。"说完，口占一诗，云：

红花绿叶一藤牵，
却由争艳将恨生。
一朝醒来放眼望，
风摧野草草更青。

草中飞将诗复诵一遍，只觉好诗，但究竟好在何处，却又说不上要义来。便摇了摇头，想师傅让他择日下山，不由一喜，屈指数来，竟已在山上度过了六个年月，想那山下，不定发生了几变。于是，选了一个日子，掖好包裹，揣了那支玉笛，佩了父亲那把绕指剑，拜过师傅，辞别师妹，便一路下了山去。

几经辗转，草中飞终于到了故乡。立在早已爬满枯藤衰草的昔日草宅，面对断垣残壁，竟不住悲从中来，那一家八口的鲜血，在眼中渐渐凝成一个"恨"字，叫他心潮难平；而父亲那个血写的"蛙"字，却叫他百思而至今不解。于是，他便于这老屋前坐了一阵，又一次拧眉思索起来：蛙，是人名？是派别？还是武功？任他想破了脑壳，却就是没个头绪。

不知不觉，月上柳梢。草中飞盘坐在老屋前，一腔悲绪正自继续缱绻，忽然，凭他的内功，感觉到有人正向这边走来，一个，二个，三个，唔，一共五个，不错，五个。草中飞一个旋转隐到树后。不多会，果然便有五人出现了，而且边走边指指点点地议论着什么。及至到了近前，看上去，五个人一色地罩着黑套，握着青刀，再凝神一听，草中飞不禁一惊，接着又是一喜。

5

原来来的五个人，正是当年"黑头五魁"的传人"黑头五鬼"。待到了当年草里钻被迫枉杀其师的草宅旧址时，其中一个忍不住地感叹："当年师傅黑头五魁被那一九老怪迷住，竟生生让草里钻错杀，实在叫人扼腕；而草里钻呢，最终也还是没能逃过一九老怪的蛙功。物是人非，斗转星移，想不到，一九老怪今儿也进了十八层地狱，我们黑头五鬼在他活着时不能替师傅们报仇，而今他死了，我们哥五个也不能叫他安生，非要将他从棺材里拖出来，碎他个三截五段才开心。"这厢黑头五鬼边走边议论着，那边躲在树后的草中飞听了个一清二楚。于是，待"黑头五鬼"走过，他便提了一口气，悄没声息地跟了上去，心想：爹呀爹，儿终于找到仇人了。

紧跟慢走，进了一个小镇，又转过几个街角，果然，一座并不十分奢华的宅子前，幡幔高挂，丧鼓声声。草中飞就这么一分神，倏地"黑头五鬼"便不见了踪影。草中飞人生地不熟，所以不敢轻举妄动。忙掩到避光处，仔细打量了一下四周，见丧堂前有人影晃动，知那是巡更值夜的，且凭他功力，感到那些个人个个都是一顶一的高手。于是，他转过前面，贴着墙壁，来到屋后，见四下较为安静，便吸一口气，如壁虎般爬了上去。谁知他刚一探头，便听前院一片人众喝声和刀剑金声。忙放眼望去，原是"黑头五鬼"与他们交上了手。于是，乘乱，草中飞一个"彩云过天"，跳进院中，三步两步蹿到了后房，潜入灵堂。偷眼打量，只见"黑头五鬼"与一干人等正战成一团；回目再看，他们所说的一九老怪的灵柩就在不到七尺处。借着重重幡幔，草中飞轻手轻脚地向那棺材摸去，他要看看这个杀父仇人的真面目，哪怕是一具尸体。可是，当草中飞手刚触及棺木，不料，"砰"的一声，棺盖被震了开去，"呼"地从中飞出一个人来，在空中边说着"该来的终究来了"，边探手向草中飞头顶的上星、率谷两穴和身后的风门、天宗两穴点来。草中飞急切间一招"遥看蓝天"险险避过。避让中，定眼一看，见是一位干瘪小老婆婆，不禁诧道："你便是一九老怪？"干瘪小老婆婆却并不答他话，反问了一声："你是草里钻的后人？"草中飞正要答声"是"字，却忽闻蛙鸣之声直入耳鼓，接着心窍一迷，似要失智，不由大骇一惊，突然想起了父亲临死时那个血写的"蛙"字。敢情这是一种下三烂的邪功。于是，他想起师傅原知在他下山时的叮嘱："邪不压正，只要气聚丹田，沿神柱而上，冲百会入宵，则任魔邪而无奈。"当下凝神聚精，运功定力，"呛啷"一声绕指剑出鞘，一招"踏浪追风"直指一九老怪。谁知一九老怪却并不躲闪，却忽然瘪嘴一张，"噗"地吐出一口痰来，如剑般直射草中飞面门。草中飞不知是什么暗器，不敢大意，只好撒招横剑一挡，那痰打在剑上，竟将草中飞虎口震得一麻，暗叫一声："好深的内功。"可是，不等他回神，那一九老怪的第二口痰又至。草中飞忙顺着刚才一挡的剑势，往下一削，接了第二招。可是，跟着，第三口痰又到。这时，"黑头五鬼"已战罢了堂前，正杀进后屋，恰巧见到，不由大叫一声："污痰蝎箭"，而与此同时，草中飞一剑已接过两口，这第三口痰，他再有天大的本事，那剑也赶不及了，情急之下，只得侧跃避开。孰知，他是避开了，但那痰却直直飞向了刚才惊叫的那个"黑头"，只听轻微的一声"哧"，竟一下穿胸而过，"噗"地一腔血直喷得幡幔一片嫣红。余下"黑头四鬼"纳一声喊，齐齐杀到。一九老怪一看，自己一个，对方五个，且这灵堂仅方寸之地，实难再斗。于是，便卖一破绽，倒翻着向外掠去，想冲出这灵幡丧幔。草中飞哪里肯放，一句"哪里逃"，声出身动，身动剑出，往前一递，竟几抵刺一九老怪脚底的然谷、公孙两穴，也许是一九老怪命中有劫，也许是一九老怪大限已到，也许是一九老怪恶有恶报，竟一时被那幡幔遮得慌不择路，随着"轰"的一声，她竟撞在了中柱上，如片碎瓦般反弹在了地上，被紧紧追上的黑头四鬼赶个正着，四柄利剑，分上中下三路齐齐刺来，一九老怪连哼都没来得及哼一声，就毙了命。尽管她在探知草里钻后人下山欲来报仇，便绞尽脑汁想出"诈死"一计，以躲过追杀，谁知，却半路上杀出了个"黑头五鬼"，竟让草中飞几乎没费什么周折，便找到了她，生生将她从棺材中逼了出来。

望着被乱剑戮杀的一九老怪，草中飞长舒了一口气，对天一揖，道声："爹啊，孩儿大仇已报。"然后默默地将绕指剑插回乌鞘，就要离去。见他要走，"黑头四鬼"忙一起垂剑抱拳，道："好汉，可否留下名姓，也好叫我等铭记？"

草中飞正要答话，不想，突然一个声音浑重地破空而来："哈哈，他是好汉吗，你们可知杀死的这一九老怪是谁？她可是这'好汉'的小奶奶呀——"

原来，草中飞的爷爷有一本秘籍，而一九老怪为了得到这本秘籍，不惜委身于草中飞爷爷甘做小妾，殊不知秘籍已传到草里钻手中。再后来，一九老怪在与草里钻大战一场后落荒而逃，一怒之下，投到天魔教门下，苦习蛙功，终于了了她的一口恶气。

草中飞知这说话之人内功十分深厚，可是他是谁呢？于是对着声音方向抱起双拳，道："前辈，可否现身赐教？"然而，除了飒飒风声，哪还有人影。

伫立良久，草中飞忽然想起那日言及下山，师傅原知曾吟的诗来，不禁仰首呼了一声"天啊"，然后一个呼哨，没入了夜色……

残月。冷光。只是少了孤灯，碎了空盏。

风摧桃花花嫣红

1

最近江湖上接连出了两件稀奇事，这两件稀奇事可都发生在一个人身上，这个人便是人称八嘴九舌笑哈哈的了了小青。人们用“七嘴八舌”形容人多嘴杂，你一言，我一语，说个不停。而称了了小青为“八嘴九舌”，可见其大大咧咧，豪放不羁。可是，最近，这么一个穿男人服，说话口无遮拦，所用武器不是剑也不是刀而是一柄七星瓢棰的粗犷女侠，却一下在江湖上匿迹了。正当各路英雄匪夷所思之时，关于了了小青的第二个消息又传了出来，她竟然有了一个女儿，并且，一下子变得母性十足，一改以往八嘴九舌笑哈哈。但是须知，她自己可还是一个大女孩呢，不要说她何曾怀孕，就连夫君是谁，几时婚嫁的，甚至于她婆家有何来头，人们却都一概毫无知晓。

于是，关于了了小青的猜测越传越多，越传越奇。有说她被一位身份尊贵的人物包了，因为那位人物几房夫人都是阴柔有余而阳气不足，所以他喜欢上了八嘴九舌笑哈哈的狂荡；有说她与某个江湖才俊不打不相识，由相识到相爱，于是在一个月朗星稀之夜，一时情不能已，便暗结了珠胎；还有说她被采花大盗施以了迷香，结果种下了孽种等等，各种说法不一而足。然而，对这些传闻，了了小青一改以往眼里揉不得半点沙子的爆竹脾性，而是一笑了之，只是一门心思地精心喂养着那个女婴。

于是，相识的不相识的，师叔辈的，同龄辈的，有的出于好奇，有的出于关心，便不断地来到无名山庄，打听了解这究竟是怎么回事。就这样，无名山下便凭空多出了许多个不明身份的江湖人物。

这一日，了了小青刚将女婴哄着睡了，忽听院外有人拍门，便忙束了束头发，轻轻地将户帘拉下，来到院中，隔着栅栏对门外轻柔地说了一声："哪位朋友恕了了小青得罪，请回吧。了了小青谢过了。"可是，外边却传来了一声高门大嗓："清儿，为师也要回吗？""啊，师傅！"了了小青一个箭步便跃至门边，拉开木门。一句"师傅"哽在咽喉，泪水已自滑落。师徒二人已有三年未见，但都发生了一些变化。师傅法号了空，看上去面色虽然依旧红润，但已略显苍老；徒弟了了小青呢，眼角似也有点皱纹了，且略显憔悴。当下两人站在那里，千言万语，一时无从说起，最后，还是了空大师先开口："徒儿，还怨师傅吗？"了了小青抹了下泪水，嫣然一笑，道："都是徒儿惹的祸，连累了师傅。"

原来，三年前的一个月色凄清的夜晚，一向禅静的寺里，却突然传出了一声清脆激越的婴儿的啼哭声，惊得整座寺院一片惊惶，稍一搜寻，竟是了空大师徒弟了了小青正对着小手乱挠、小脚乱蹬的一个婴儿手足无措。本来，对了空收了个女弟子寺中就有异议，这下倒好，又添了个婴儿，这佛门净地，岂不要闹翻了天，于是，一阵磋商之后，寺里做出决定，要么了了小青将婴儿送回凡尘，要么将了了小青连同婴儿一起扫地出门。了空虽然据理力争，但除了招至一番佛经的训诫、同门的奚落外，也便无能为力。从此一别，便是三年有余，其间尽管了空从香客口中了解到了了小青就在这座无名山中，但碍于身份，确实不便前来探望。可是最近，他听说诸方好事之徒三番五次前来滋扰了了小青，了空便再也坐不住了，于是，便乘着夜色前来造访，想劝了了小青去求求方丈，再回宝寺，也好有个照应。

了了小青明晓师傅心意后，却坚决地摇了摇头，说了了小青是红尘中人，还是让她在红尘中将女儿抚养长大吧。了空大师见她心意已决，只好随她心意，准备离去。可是，突然一阵风响，院门"砰"地倒了，几个黑影跌进了院里。

2

了空大师这一惊非同小可，凭自己的功力，竟然没觉出门外有人，可见这些人的功夫不在他之下；而及至这几个人跌进院里，竟还不知何由。所以，当下他一个箭步跃出门外，却见树影斑驳，月色正明，就是不见一个人影。了空转身返回院中，扯了那几个人的面罩，仔细地审视了一遍，竟找不到一处伤口，识不出他们毙于什么掌法或暗器。

了空大师和了了小青相视无语，但他们心中都很清楚，这些人不是冲他们而来：了空大师已久不问世事，了了小青于江湖上也没结怨。显然，唯一的解释，便是冲着还只有三岁的草上影。

良久，了空大师终于打破了寂寞，说："徒儿，这样吧，我送你去望晴山愁云寺吧，我的同门师妹了一师太会照顾你的。"本来，了了小青还想拒绝，但看着还不谙世事的草上影那双忽闪忽闪的大眼睛，终于还是点了点头。

了一师太果然对了了小青照顾有加，并给她取法号为"落梅"，人称"落梅师姑"。

落梅师姑于愁云寺悠悠便过了一十三载。这一十三载，她除了习练自身的武功外，其余时间，几乎全扑在了草上影的身上，教她识字，教她女红，教她情态。可是，这小蹄子却精得要命，灵得要死，无论所学，一点就通，一拨就会，并且天不怕地不怕，时常做出一些叫人惊心动魄的事情来。眼见得一天天长大了，出落了，却叫落梅很是操心。

这一日，落梅惯例地练过功，正准备回去时，突然，从空中落下一个蒙面人来，以枝代剑，迎头便刺。骇得落梅一下倒纵三个筋斗才落下地，匆忙亮招，护住身体，厉声问道："谁家小子，竟敢偷袭本师姑？"蒙面人也不答话，再次欺身上前，一招"摩云返魂"罩向落梅。落梅见来人出招怪异，速度奇快，不敢轻敌，侧身再次闪过，同时一招"回首一笑"指向蒙面人。蒙面人却不躲不避，待到指尖几抵胸肋时，却忽地一挫，一招"鳅鱼钻泥"，竟然"倏"地贴着地皮伸臂递剑刺向落梅下路。落梅不由大骇，遽地跳出圈外，再次打量蒙面人。见其身材很娇俏，眉眼很娇秀，显然是位女子。于是，她再次厉声："哪家小蹄子，还不露出真面目来？"蒙面人一听，却不禁一阵嬉笑，边取下面巾边说道："你家小蹄子，青姨，我的武功怎么样？""啊哟，原来是草上影。惊得落梅师姑一双眼睁得铜铃般地注视着她："你，你向谁学的这功夫？""向青姨你啊！""向我？""是呀，青姨每天练功，我就躲在旁边偷学，然后照着样子自己练习。"落梅便不再问了，只是长长地叹了一口气，仰天闭目良久，当年师兄之托的情形，便浮现在了眼前。

　　当年草中飞师从原知大师，了了小青师从了空大师。原知与了空是师兄弟，因而，草中飞和了了小青便以师兄师妹相称。日久生情，草中飞的年轻英俊，便走进了了了小青的心怀。可是，草中飞却是个武痴，只将了了小青当作师妹，对了了小青的一些深情却视而不见、感而不受，来了个"岁月不解风情"，他全当成了师妹对师兄应尽的关心。害得了了小青多少个黄昏夜晚，凭窗吟诵着：

　　　　　　乍暖还寒淫蓑棚，
　　　　　　不忍锁窗望牧童。
　　　　　　雨洗尘叶滴青翠，
　　　　　　风摧桃花花嫣红。

　　直到草中飞进入洞房，了了小青带发遁入空门，草中飞这才似有所悟，但为时已晚。没想到，草上影刚刚满月，草中飞的仇家终于杀上了门来。一场恶战，一场死战，当草中飞拼尽生命最后一点力气将草上影送到了了了小青的手中时，仅说出了一句"长大后，让她学做女红，不要习武"便断了气。了了小青，一个从未婚嫁且与佛结缘的女子，望着手中一张粉扑扑的小脸，正嘟着个小嘴冲她无邪地笑着，她的母性一下子被唤醒了，情不自禁地将她紧紧地搂在怀中。自己虽然无缘与草中飞同衾共枕，但如今却能拥他女儿入眠，不也是一种幸福！

可是，尽管在草上影成长的过程中，落梅一直给她灌输着女孩子要有女孩子的乖巧、文静、敛情，然而，她骨子里，血液中，还是流动着草中飞的性情，竟然于不知不觉中习会了武，练出了功，自创了一套路法，这真是叫落梅且喜且忧：喜的是她一出手，功夫竟是如此不俗落；忧的是，江湖险恶，怕她一入便不能回头。

不过落梅对草上影的武功来历，还是一直心存犹疑的，因为有些招数实在是太过诡异了。

3

果然草上影所受的指点，绝不仅是偷学了落梅的招式。

自从得知草上影会武功后，落梅便有意无意地注意起她的行踪来。那日，落梅与往常一样又去月下练功，但在临出门时，发觉草上影目光有点不太对劲，于是便多了个心眼，人虽然出了门，但心却留在了草上影身上。她来到平时练功的林间一块草坪上，本想稍练一下然后再去打探，可心却怎么也静不下来，于是，她只好悄悄地又潜了回来。谁知，半路上，忽见一个身影"嗖"地从她头顶越过。听风声，其武功绝不在她之下，于是，出于好奇，她立即飞身追去。三纵两纵，便来到林后的一片草地，那个身影一晃，消失在了一座坟茔后面不见了。落梅不敢疏忽，匆忙躲了起来，细细地观察。

转过一座土坟，前面是一片开阔地，月下，只见一个鹤发老者，正在如巫师般地上蹿下跳，另一个消瘦的身影，跟着那个老者亦步亦趋地起舞着。那老者，落梅恁眼睛睁得多大，也还是认不出；那个瘦点的，她认出了，是草上影。

两人一直练了两个时辰，落梅一直守在一块石块后面窥视着。看那招式，她想起师傅了空大师曾说过江湖上久已失传的"坐地望雨"功，其练法，招数及攻式都与别的功法不同，极其怪异，出其不意，让人防不胜防。至于如何的怪异，则无一致说法，东说东，西说西，难以概一。难道，这老者竟是"坐地望雨"的传人？这时，那边两人已收了功，坐在地上，说起了话。

"影儿，你的'坐地望雨'已练至了四层，足以跻身于武林高手了。"

"是吗，怪不得青姨也……"草上影自知失言，忙打住了。

"青姨？你是说了了小青晓得你在练功？"

"嗯。"

"那她知道是在跟我学吗？"

"不知道。"

沉默。良久，还是老者先开了腔。

"影儿，千万不要再在你青姨面前出招了，更不要提起为师我。记住，了了小青与我见面之时，便是你我师徒离别之日。"

"为什么？"

"没有为什么。"

"哦，我明白了。"

"你明白什么？"

"你怕我青姨。"

"咳，我怕她？"

"你不怕她干吗不敢见她？"

"谁不敢？"

接着传来草上影一片无邪的笑声。也许是老者的倔劲惹的吧。听到这里，落梅再也忍不住了，忽地一下站了起来，道："施主可是'坐地望雨'的传人'九天落星'？"

老者忽闻有声，蓦地跳将起来。草上影也惊得叫了一声："青姨！"

落梅在问的同时，早已提气，一步就跳了过来，老者情急之下，一个呼哨，纵身几个起落，便不见了踪影。

草上影飞身就要去追，落梅手疾眼快，一把拉了她的衣袖："好你个小蹄子，要你学做女红，你却学起了武功，你可知九天落星是谁？"

"青姨，九天落星我确实不知是谁，但影儿知道，他是我的师傅，这是其一；其二，这一十六年来，他一直在暗中保护着我们……"

落梅愣了下，想想这十几年来，倒是真的没有什么风险，除了那次了空师傅与她说话，院内死去几个黑头五魁的传人外。当时对那几个蒙面人的死就心存疑虑，现在想来，岂不正是这九天落星的手笔？一切都是天意啊。

见落梅一时未语，只是心思重重地在思虑着什么，草上影便试探地问了一声："青姨，我师傅，噢，不，这九天落星为什么一见你就要走呢？"

　　落梅见问，轻轻叹了一口气，说："具体原因我也不甚明了，只是听说很早以前，坐地望雨派的某个掌门，由于一时色迷心窍，偷窥了我祖上某位奶奶洗澡，致使这位奶奶投井保洁。为表忏悔，那位掌门在晓喻后人今后凡遇我门中弟子，均皆回避后，也自尽了。"

　　"哦——"草上影似有所悟地说，"怪不得师傅他一直告诫我，不要让青姨你知晓呢。"

　　"不过，这老鬼还是破了戒，不仅没有回避我，反而还教你习武，我一定要与他没完。"落梅气咻咻地说。

　　"不。"草上影急切地说，"其实，我师傅他人非常好。"

　　"有你青姨好？"

　　"青姨——"

　　"不要叫我青姨，你个小蹄子，长大了是不，不听你青姨的了是不，嗯？"

　　"青姨——"

　　"好，如果你还认你这个青姨，那么马上跟我回去。"

　　"可是，可是——"

　　"可是什么？影儿，我告诉你，你要是还认你这个青姨，你马上就跟我走，否则，你就不要叫我青姨。"

　　落梅说完，转身就走。草上影望望九天落星走的方向，又望望落梅的背影，犹豫再三，想想一跺脚，向落梅追了上去。

4

落梅的脾气变得越来越坏，自从得知草上影背着她私下师从九天落星后，她感到非常的伤心，倒不是因为草上影师从她祖上“老死不相往来”的坐地望雨门派，而是她觉着草上影辜负了她的精心呵护，违背了她的教导。想当初，把她从小拉扯着长大，一个从未婚嫁过的女子，容易吗。实指望通过自己的含辛茹苦，既能对得起草中飞，又能享受天伦之乐。孰料，现在草上影长大了，竟瞒着她做出了有逆她教诲的事情，怎不叫她伤心。

而草上影呢，心里也不平静，一想起来，就不由自主地噘起了嘴，小脾气便噌噌地爬了起来。心想：青姨也真是的，你不教我武功倒也罢了，现在有人愿意教我，你还生哪门子气呢？我学武功又不会超过你，即使超过你，我又不会与你争个高下，你担的什么心思呢？

这样，两人各怀各的心思，各生各的闷气，直到六月初六。

六月初六除霉气。可是，清早起来，落梅就感到左眉跳个不停，心里不免就有点不宁，可是，直到月上树梢，眼看一天就要过去，却什么也没发生，落梅拣起桌上的簪子，那是准备送给草上影的。银簪在灯光下一闪一闪地放着幽光，落梅用簪子挑了挑油灯芯，于是，火苗便往上一跳。忽而，就在这一跳之间，“呼”地从门口袭进一股风，“扑”地将灯吹灭了。这当然不是自然风，惊得落梅一个翻身，跃到了门外院中。

月光下，四个戴着黑罩、穿着黑衣、手握青刀的汉子，护在一位凸额头、凹眼睛、高鼻子、上唇一抹浓黑胡子的胡人，正严阵以待对着落梅。

落梅跃入院中，立了个门户，厉声斥道："咄，大胆贼徒，为何在佛祖面前亮出凶器？"

"你就是落梅师姑，那个草中飞的师妹？"胡人开口用蹩脚的汉语问道。

"是又如何？"

"你听说过黑头五魁吗？"

黑头五魁？落梅很小的时候倒是听过，他们的后人还叫过黑头五鬼呢。难道眼前这五个人，是黑头五魁的传人？果真的话，那他们在这月夜找上门来，可不是好事情。

见落梅沉吟不语，那几个黑衣便道："请将草中飞的后人交出来。"

"为什么？"落梅脱口而出。

"因为当年她的先人草里钻杀了我们的先祖。"

落梅心里"咯噔"一下，他们是来寻仇的，想必，这一仗，是免不了的了。于是，悄悄提气，兀地抢先出招，来了个先下手为强，一招"银蛇吐信"直取胡人。胡人也端的好样，急忙侧身闪过，同时抬起左手架住，右手则"呼"地伸向落梅肋间捣来。落梅不敢大意，忙一个"栖燕惊鸣"，从空中跃过胡人头顶，同时头上脚下伸出食中二指，直点向胡人的率谷、哑门二穴。胡人听风辨招，知落梅正点自己穴道，忙身子一挫，上前一步躲过，旋即返身一招"蓦然回首"逼向落梅。同时，另四个黑衣也一同出刀杀上。如此一来，任落梅有三头六臂，也难逃此一劫了。于是，她深吸一口气，沉入丹田，闭上双目，等待着身体分离的那一声"咔嚓"。

可是，嗯喇一声，只听一声断气的惊呼："巴图——"落梅睁开眼，余光一闪，不知怎的，那黑衣四人已然倒在了地上，草上影与那个叫巴图的胡人正无声无息地战作一团。转眼两人拆了九九八十一招，看得落梅眼花缭乱，竟没分出胜负。这时，只见巴图卖了一个破绽，纵身跳出圈外，说了一声："好身手，后会有期。"三跳两纵，便没了踪影。草上影顾忌着要看护落梅，也不追赶，冲巴图的背影回了一声："本小姐随时恭候。"

落梅见草上影向她走来，不禁长叹一声，然后，冰冷着脸地说了一声："随我来。"转身径直走进了屋内。草上影迟疑了一下，默默地跟了进去。落梅走近床前，弯身从床板下拿出一柄乌鞘剑来，然后双手拭了几拭，这才郑重地递给了草上影，说："影儿，这是你家祖传的绕指剑，现在，我将它正式转交给你，希望你不没此剑，将你们草家发扬光大。"草上影一直用的都是枝剑，也就是随便折一根树枝作剑，而今真的有一柄宝剑了，忙喜不自禁地上前一步双手接过，轻轻一抽，绕指剑便发出"铮"的一声清音，悦耳动听。

草上影将剑插回鞘内，不禁噙满热泪，她知道，从此，她便要正式成为江湖上的人了。而落梅呢，也是禁不住心颤，她知道，从此，影儿，就不再只是她的乖乖女影儿了，她长大了，要出江湖了。

虽然夜色已浓，但这时这对不是母女却胜似母女的两人，心潮起伏，相对无言。

5

　　很快，草上影便在江湖上名声大噪，而且越传越神，说她那一柄绕指剑得女娲补天之精彩，凡是看见过的人，便是最后一眼。而且，她是一名真真实实的女侠，路见不平，打抱不平；路见不公，打抱不公。

　　每每听到草上影的消息传来，落梅师姑都是自觉不自觉地抿嘴一笑。于是，酒肆中，茶坊内，街头巷尾的小吃铺上，便常见一尼姑，要一杯清酒或清茶小吃，一坐，便是一个整天，专拣那些议论有关女侠草上影的热闹处凑。

　　这个人，当然便是落梅。

　　然而，最近一段，草上影却如落入水中的树叶，忽然无声无息了。任落梅从上街打听到下街，从这条巷转到那条巷，从这个酒肆转到那个茶坊，总之，得不到草上影的半点消息。

　　尽管落梅一直用"女孩长大了，不要说青姨，就是亲娘也管不住了"来安慰自己，但一颗心却始终无着无落，终日好似丢了魂般，任木鱼敲破，任念珠捻碎，心，就是归不了佛，老是牵挂着草上影的行踪，以致后来满脑子都是她的影儿。

　　望着满天清辉，落梅师姑伫立窗前，无数遍地默念："影儿，此时此刻，你是否也在窗前，望着明月，想你的青姨呢？"于是，情不自禁地，她又想起十几年前，也是一个月下，也是一个窗前，那时的了了小青由于暗恋草中飞而不得倾诉，于是，便满怀愁情地吟道：

乍暖还寒淫蓑棚，

不忍锁窗望牧童。

雨洗尘叶滴青翠，

风摧桃花花嫣红。

　　眼下，和那个情境，又是何等的相似呀，只是恋情变成了亲情罢了。

　　这厢落梅正自愁绪难遣，突然，耳边"飕"的一声风响，"砰"的一下，一把飞刀扎着一封短笺插在了窗棂柱上，惊得落梅一颤，眺眼循去，哪还有人影。接着一个鱼跃，从窗口跳入院中，凝神谛听，仍是无声，心下叹赞一声好功夫，忙返身拔下飞刀，取下信笺，展开，只见上面写道："欲寻影儿，去问巴图。巴图何在？北方沙漠。"落款是"不能相见的九天落星。"落梅将短笺颠来倒去地反复看了几遍，感到九天落星如此煞费苦心地告知她，看来，消息不会有错。这巴图，落梅记得，就是那日与黑头五魁传人一同前来寻仇的那位胡人。只是，这九天落星告知她有何目的，让她去跟寻？去阻止？还是去保护？抑或，这是在告诉她，草上影遇上了危险？想到这，落梅不再犹豫，十几年岁月炼铸的亲情，使她一颗心悬了又悬，以至刻不容缓，就要上路。

　　本就身处寺中，也无其他牵挂，落梅只简单地拣理了一些换洗衣物，随手挽成一个小包，寻一截木棒挑了（这木棒后被她做成一柄七星瓢棰，叱咤江湖，纵横沙漠，此是后话，按下，不表），便走出了寺门。

　　想到这一去，迢迢万里，不知归期何日，禁不住有泪漾上眼眶。但想到草上影此时此刻安危无人顾照，便毅然地迈出了脚步。

　　这时，一群大雁正鸣叫着成一"人"字形从她头顶上飞过……

风摧黄沙沙无痕

1

弧一刀左手向前，伸着，右手拖着那把足有二百斤重的天龙刀，张着嘴，大喘着气，跌跌撞撞，滚滚爬爬，没命地向前跑。前面，一俊朗青衣少年，紫衫绛袖，手握腰上剑柄，足踏炙人黄沙，逃命般地蹿着。后面，一队马贼，为首的手举七星瓢棰，一边"呀呀"地怪叫，一边催马狂奔，向前猛追。于是，在这本来一望无际而被太阳晒得冒火的广漠上，霎时如点燃的一根引线，腾起一溜沙尘，遮天蔽日。

眼看七星瓢棰就要追上弧一刀，而此时的弧一刀，确已耗尽了所有的真气，就在七星瓢棰伸手可触的当儿，终于支持不住，"扑"地倒了下去。可是，七星瓢棰并没有砸下，一队马贼也没有停下，忽忽从他头上跃过，直直向前追去。

青衣少年不及回首，已自感到七星瓢棰就在身后，正待拔剑，却见七星瓢棰突然借着马蹬，倏地跃出，几个翻云飞纵，竟稳稳地落在了青衣少年面前，横棰护身，厉喝一声："弧一刀，哪里逃？"青衣少年一愣，接着却步垂剑，竟不禁"呵呵"一笑，说道："堂堂荒漠一胡杨的七星瓢锤鬼头七，居然放着眼前的弧一刀不杀，却来挡住在下，岂不让人笑煞。""你不是弧一刀？""你说我像弧一刀吗？""那你为何狼奔豕突？""我高兴，不行吗？""咄，大胆狂徒，竟戏耍于我，拿命来。"不待说完，鬼头七早已出锤，化作漫天乱星罩向青衣少年。谁知，青衣少年立地一个转身，如一柱旋风，竟跃上了云头。待鬼头七收住阵势，撤回锤锋，青衣少年也已从空中落下。少年左手仍按腰中剑柄，不慌不忙地右手一指鬼头七的身后："小心。"鬼头七头也不回，撒手就是一招"乱云飞渡"，立时，一抹血水溅了他一脸一身——一队马贼就这么一瞬，已全身首分离，坠马而亡。可是，血雾未散，却突见一柄大刀破雾而出，直向鬼头七面门劈来。同时只听一声大叫："鬼头七。""七"字还未落，则见一道美丽的弧线划过，人头却已落下；身子晃了两晃，正要倒去，却被来人借着刚才的刀劲，顺手一把抓住。然后，就这么一手握刀，一手抓着尸体地立在青衣少年面前，低喝一声："草上影，还不乖乖地跟我回去见六爷。""哈哈。"青衣少年一阵仰天大笑，"笑话，弧一刀，你什么时候也成了六爷的人？""这个你就休要管了。""也罢。"青衣少年草上影抬手"嘶"地一下，扯去脸上的面罩，掀去头上的假套，竟赫然一个天仙般的女子呈在了弧一刀面前，闪得弧一刀眼睛连眨了几眨，才算没被眩晕。

先前他只知道草上影是位六爷要找而她却要逃的女子，没想到，这女子竟如此惊艳。草上影见弧一刀若痴若迷，樱嘴一撇，似笑非笑，却"唰"地一剑直指弧一刀的咽喉，那抽剑出剑刺剑之迅捷，连弧一刀这个老道的江湖行家竟都没看清。

　　弧一刀"呛啷"一声，扔了手中的刀，两拳一抱，单膝跪地，道："在下命不值钱，死不足惜，只望小姐能原谅六爷，回到他的身边。"竟一时让草上影的剑抖了两抖，恁是没能刺出。然而就在这一愣神间，"啊"的一声，弧一刀竟被一锤砸了个脑浆迸裂，惊得草上影一掠三丈地连退数步。

2

　　草上影惊退几步，定下神来，再一看，只见刚才被弧一刀砍了个脑袋搬家的鬼头七竟又冒出一个头来，正手握沾满弧一刀脑浆的七星瓢锤，"嘿嘿"地望着草上影傻笑着。"你……你……"草上影一时竟话不成句，"你"了半天也没"你"出什么来。"怎么，没想到吧？""你，你的头不是被砍了吗？""是呀，不过，你不知道我叫鬼头七吗？砍了一个，我还有六个呢。"说完，倏地发力，欺身上前，在空中将锤换过左手，腾出右手，探空直向草上影抓来："美人，过来吧。"草上影慌乱中，忽然一招"黄狐钻洞"，后仰倒地，"唰"地一下向鬼头七的裆下逆向穿过。这下，倒是将个鬼头七吓得不轻，因为他只顾来抓，裆下大开，要是被草上影不要说仰天一剑，哪怕是踢上一脚，点上一指，他也会立地毙命。好在草上影一时只顾避让，没有还过神来，所以，鬼头七侥幸逃过一劫，得以全身落地。这时，草上影也已一个鲤鱼打挺站了起来，仍未出剑，只是柳眉微蹙，娇叱一声："无耻马贼，你为何紧紧相逼？"鬼头七一听，竟是"哈哈"大笑，说："美人，实话告诉你了吧，我是受人钱财，替人消灾。""是谁？""六爷。""六爷？""不错，六爷。"草上影的眉头蹙得更紧了。也就在这时，鬼头七再次欺身上前，身动棰动，棰动风动，风动人到。草上影这次不再慌乱，只见她细腰一闪，一个"杨柳摆风"，便滑出了鬼头七的棰势，但她仍未出剑，眉上仍在蹙着。她在想："这六爷，葫芦里到底在卖什么药？"哪知刚才的一钻一滑，尤其是仍神情自若按剑不动，却一下激恼了鬼头七，他竟挥动七星瓢棰，不顾死活地拼命向草上影横砍竖砸，胡乱一气地挥来。高手搏击，最忌急躁，见鬼头七如此拼命，草上影完完全全可以瞅一破绽，将他一剑刺穿。但她没这样去做。她只是左腾右挪，上避下让，躲过鬼头七的七七四十九式七星瓢棰。然后，乘其换招之际，冷不丁纵身一跃，跳过鬼头七头顶，在空中伸出食中二指，嗖一声"着"，点中鬼头七背上的膏肓、至阳、命门三处大穴，任鬼头七纵有天大本领再长七个头来，也无计可施。但他虽被点中穴道，不能动弹，可嘴却还能说话，因而便鸭子死了嘴壳子硬地叫道："美人，你要将鬼头七扛回洞房吗？""呸，好你个鬼头七，死到临头还要消遣本姑娘，看我不割下你那滑舌头来，量量看到底有多长。"说着，草上影竟真的转到鬼头七正面，伸手捏开他的嘴巴。疼得鬼头七一阵"呼噜"说不出话来。见他那副熊样，草上影竟忍不住抿嘴笑了起来，手一松，放了他。鬼头七"咝咝"地吸了半天凉气，然后伸出舌头舔了舔嘴唇，夸张地咽了咽，接着闭上眼，吸了吸鼻子，不料，道出的不是一个"痛"字，却是："好香，美人的手，就是不一样。""还贫嘴，要不要再来一下。"草上影说着，抬起手，做出又要来捏他嘴巴的动作，吓得鬼头七一迭连声地说着"不"字。那副滑稽的样子，引得草上影再也禁不住，便"咯咯"地笑起来。鬼头七见她笑，也只好跟着附和地笑。

两个人就这么在这旷漠中，无所顾忌地笑着，毫不设防地笑着。草上影好久没有这样开怀大笑过了；鬼头七呢，也是很长时间没这么开心过了。看着草上影笑得那么率真、畅快，鬼头七竟一汪热泪漾了上来。过了好久，鬼头七才轻声说道："美人，解了我的穴吧。"笑声戛然而止，仿佛停在了半空。草上影倏忽变了脸，娇声斥问："你为何招招拼命？真的是六爷买你杀我？还有，为什么你要杀死弧一刀？"一连三问吐出，目光直逼鬼头七。鬼头七犹疑了一下，但接着又昂了昂头，说了声："罢了，我就实话告诉你吧……"可是，鬼头七"吧"字还未及落音，草上影只觉耳边"嗤嗤"声响，就见鬼头七仰面倒了下去，一枚羽尾金针插在了他的额头。这一惊非同小可，吓得草上影一声呼哨；腾起的同时，两脚一挫，搅起一片黄沙向身后打去。待落地上，这才看清了来者何人："你……"

3

"是的，是我！"来人纶巾包头，腰板挺直，鼻梁端正，两眼有神，手上只是握着一把羽扇，显得英姿勃勃。见草上影吃惊地望着他，他只管兀自笑着说道："我就是'手微动，风微生，杀人只一针'的笑面郎巴图特里。"听完介绍，草上影这才稍稍放了放心。"你是'风吹影动一转眼'的草上影？如此娇美，实乃这黄沙之中的一道绿色风景呀。"草上影于是双拳一抱："多谢夸奖。"然后问道，"不知笑面郎你适才为何要射杀这鬼头七？""哈哈，为何射杀？你可记得前日在不生客栈发生的那桩事？"

那是两天前，一身疲惫的草上影走进不生客栈，便感到有点怪，整个客栈虽然座无虚席，但却无声无息，就连那烧酒进嘴的

"吱溜"声也没有。一个个食客，喝得两眼血红，目眦欲裂，但还在那一坛一坛地喝着。草上影的到来，尤其是她有意弄得剑上玉佩"叮当"作声，他们似乎也是熟视无睹，充耳不闻。草上影拣了靠窗边的一个空座坐下，一手按着剑，一手轻轻扣了一下桌面，哑着嗓子叫了一声："小二。"

似乎这一声"小二"将那些个醉鬼突然唤醒了似的，又如一柄无形利刃，一下刺破了这压抑、冷寂、危机逼人的氛围，骤忽间，满座食客如风般向外卷去，可只是那么一眨眼工夫，又都如风般被吹了回来。但卷出去是活人，而这吹回来的，却是一地死尸。坐在草上影斜对面的那位，竟然也像她一样，面静如水，依旧一手摇着羽扇，一手握着杯盏，目空一切地兀自微笑着喝他的酒。草上影缓缓站起身，她想离去，她可不想趟这浑水，搅到这无头搏杀中去。可是，她刚要移步，却见那位倏地扬手，从扇中便"嗖嗖嗖"飞出三枚羽尾金针，然后随着金针，一同跃出了门外，其速度之快，动作之捷，让草上影不禁地喝了一声彩。

那位，便是眼前的笑面郎巴图特里。

巴图特里见草上影嘴略略张着，便知她想起了不生客栈的那一幕。于是，他接着说："那天我追出不生客栈，这鬼头七竟用他的七星瓢桲吸了我的金针，逃了。你知道，我的金针可是独门暗器，归宗唐门，善能治百病，恶能杀苍生，他用那桲接了我的金针想干什么，我想，你不是不清楚，所以，我刚才……"说到这里，巴图特里还心有余悸地回头望了一眼倒在地上的鬼头七，然后，又很自然地靠近草上影。草上影呢，闻听了这一番滴水不漏的解释，也就将那颗戒备的心放了下来。可是，就在她准备向走近的巴图特里再问什么时，却不料，巴图特里竟身形一动，说时迟那时快地将她头部的迎宾穴、胸部的不容穴点了。草上影虽然大骇，但为时已晚。只得睁着一双不解的眼睛望着得意的巴图特里问道："为什么？""哈哈，为什么？为了你的娇美呀。我笑面郎虽然迷倒过不少怀春少女，但如草上影你这般的美人，却还是第一个。我要要了你！"说完，就伸过手来轻轻地抚着草上影的脸颊，轻薄地皮笑肉不笑着，然后顺着她的脸颊往下，就要探向她的酥胸。草上影那个气，那个羞，那个恨，那个愤，可是，无奈被点住了穴道，竟生生动弹不得。然而，当她闭上双眼，正准备任那双脏手去作践自己时，那手，却停了。接着，又拿开了。茫然的草上影睁开了双眼，巴图特里仍在皮笑肉不笑地笑着，虽然眼睛里仍有淫气，但淫气后面，却掩不住地露着一点怯气。草上影再次不解地问了一声："为什么？""为什么？哈哈。"巴图特里无端地一阵狂笑。但草上影听得出来，那笑声中却隐藏着一种不可名状的东西，听了，叫人不寒而栗。"哈哈，为什么？"突然，笑声一顿，再看那巴图特里，却已敛了笑眉，露了狰狞，"为了六爷。""六爷？又是为了六爷！"草上影瞪大了双眼。"可是，去他的六爷吧，老子今天非要要了你。"说着，巴图特里"呼"地扔了扇子，便向草上影扑来。

然而，巴图特里却没有扑到草上影身上，而是扑在了草上影的脚下，脑袋，却已开了花般，红红的，白白的。

这一切发生得太突然了，草上影惊恐的眼睛遽地望去，站在面前不远七尺的，竟是那鬼头七。他正一面拭着他手中的七星瓢棰，一面冲着草上影翘起大拇哥。

"鬼头七，你不是死了吗？"

"嘿嘿，你不知道我叫鬼头七吗，我才掉了两回头，还有五个呢。"

可是，鬼头七的话音未落，却破空传来一声："好，鬼头七，就让我来砍了你那五个头来。"骇得鬼头七刹那面无血色，因为凭他的功力都没发现来人。

4

待来人落下地来，草上影这才轻舒了一口气。原来是故人一地刀。这时，鬼头七也认出了一地刀，不禁面露微笑，拊掌抱拳："一地刀兄，别来无恙。只是，你的占天神链呢，那物什可是我这七星瓢槌的克星呀。"一地刀也不禁抱拳回道："哪里哪里，鬼头七，你可真会说话呀。"然后转向草上影："嘿，我说兄弟，想不到你竟是如此一娇女，真真是你一地刀兄有眼不识金镶玉啊。"草上影被这么一说，竟说得脸上一红，她想起了他们那个曾经结拜的故事来。

那日草上影正漫无目的地踽踽走着，突然前面一阵骚动，她抬眼看去，却见一群黑衣人蒙着黑巾握着黑刀正围着一个壮士，壮士手持一挂铁链，每链环扣之间发出铮铮金音，让人听去，好似弦声。也就在一瞬间，黑衣人陡地呐声喊，一齐出手攻上，吓得草上影一下闭了眼，默念一声："完了。"可待草上影再睁开眼时，完是完了，可完的不是那壮士，而是那群黑衣人。那壮士，看着倒在地上的尸身，不禁轻蔑地一笑，收回神链，就要转身离去。可就在这时，草上影眼角余光瞥见，一枚羽尾金针直飞壮士后背，草上影来不及细想，大叫一声"不好"，声出剑出，剑出针落。壮士急转身搜寻，可除了落在十几米开外的那枚金针，便再无人迹。于是便自言自语道了声："好个笑面郎巴图特里。"这才回过身来，谢过草上影。互通姓名之后，一地刀硬说感激草上影的救命之恩，非要与他拜成兄弟结成生死之交不可，并还玩笑地拍了拍草上影的肩膀，说："兄弟身板如此单薄，倒似个小娘们，与那剑术实不相符。好在，愚兄壮实，当为丈夫侍之小弟。"两人当下又叙了些个无关紧要，这才躬身分别。可是，当他们一揖还未起身，忽觉风声挟着器物直向一地刀袭来。一地刀悚然一惊，腾地跳出一丈开外。腾起的同时，占天神链"哧啷"一声在空中如万点金星般洒向那物。只听"啊哟"一声，一人便扑在了地上；那器物，已然被那神链卷去。一看，竟是七星瓢棰。再看那倒在地上的人，嗨，原是鬼头七（所以，鬼头七才有刚才一句"克星"之说）。鬼头七爬将起来"嘿嘿"地一乐，抱拳施礼，道："一地刀，老哥我并无恶意，只是听说一地刀出手过后，满地痕印，犹如刀击。没想到，你用的竟然不是刀，而是链呀。"如此直率言语，坦诚口气，听了，真叫人是哭笑不得。一地刀知他确是无恶，便伸过脚，轻轻一点、一勾、一踢，将那七星瓢棰用脚掷还给了他，也不答言，只是抬手拱了拱；又转向草上影一揖，然后啸然一声，不见了踪迹。

不想，现在在此相遇，确是叫草上影几分欢喜又几分不解。喜的是，一地刀也会笑，不是一味冷酷，而且，一笑起来，便了无杀气。不解的是，他怎么来到了这里，是无意路过偶尔相遇，还是另有隐情？草上影琢磨来琢磨去，就是琢磨不透。她这一走神，当然瞒不过一地刀，于是，他望向草上影，道："小弟，不，该叫你小妹才是。你在怀疑我怎么会来此地？"被他点破，一向不知撒谎的草上影反倒十分地不好意思起来，脸上不禁又是一红，忙掩饰说："哪里，兄台自有兄台的道理。"

这时，一直没有作声的鬼头七假咳一声，插言道："咳，咳，别兄长妹短的，喊得那么热乎，干吗呢？还有鬼头七在此呢。"一地刀便转向鬼头七，一笑，道："鬼头七，你听着耳热，那你也叫她一声小妹呀。""哈哈，我鬼头七天不怕地不怕，还怕叫她一声'小妹'？""那你叫啊。"鬼头七张了张嘴，却突然眼眉一低，说了一声："我不叫……"引得一地刀"哈哈"大笑，也让草上影莫名其妙。笑过之后，一地刀转向仍在发愣的草上影，"小妹，你知我为何而来？"草上影眨巴了下眼，摇了摇头："为什么？"

"为六爷。"

"为六爷？"草上影情不自禁地惊叫了一声。

六爷，六爷，这么多人都说六爷，叫草上影能不讶然？"六爷，你这个魔鬼，如此茫茫黄沙，怎么就掩埋不了你那老不死的尸骨呢？"

听到草上影如此恶毒的诅咒，鬼头七眼神不禁一黯，幽幽地问了一声："六爷真的就那么令你生恨吗？"

草上影噙着泪，咬牙切齿地道："岂止是生恨，我恨他不死。"

"可是，"鬼头七再问，"你见过他吗？"

这一问，倒真将草上影给问住了，她可从来没有见过六爷呀。

这时，一旁的一地刀突然问道："鬼头七，你见过六爷？"不想，鬼头七在说出"见过"的同时，竟一棰直向一地刀额头砸去，出棰之突然，招数之奇异，令一地刀猝不及防，只是本能地顺手出招。也就一瞬，一地刀怦然倒地，面门裂开；而鬼头七呢，也被一地刀匆忙间顺手一招"蛟龙游涧"给缠住了脖颈，那链尾竟重重地击在了他的胸部，顿时，一口鲜血"噗"地喷出了几米。

"一地刀！""鬼头七！"草上影一时不知如何是好，只是向着两具尸身，对着左边叫一声"一地刀"，又对着右边喊一声"鬼头七"。最后，竟两手掩面，仰天叹道："天啊，谁知六爷在哪？"

"我知道。"突然一个声音像从十八层地狱里传来一般深厚而茫远地飘进草上影耳鼓。草上影心尖不禁一颤，一个转身，向声音循去。

5

那声音，竟然是倒在地上的鬼头七发出的。草上影忙抢步上前，伸出左手，托起他的头，急切地问道："在哪？"

"远在天边，近在眼前。"

"眼前？"草上影便将目光望向早已毙命的一地刀。鬼头七在她臂弯里吃力地摇了摇头。草上影就诧异地盯向已奄奄一息的鬼头七。突然，她像被蝎子蜇了一下似的，猛地一撒手，倏地跳开，指着鬼头七，"难道，难道……"

"不错。"鬼头七凄然地一笑，说："是我，鬼头七是六爷，六爷就是鬼头七。"鬼头七喘了喘气，接着说，"近年来，武林乌烟瘴气，武坛分崩离析；得道之人一一退隐，于是，给一些心术不正之徒造成了可乘之隙，搅得人心涣散。武而不功，功而不武，实在有辱武德。于是，我便异想天开，假借六爷的名号，想重树一杆大旗，将武林中的贤士，武坛上的能人，齐聚盟下，以发扬武粹，共图太平。虽然如今已是人心不古，但我矢志未移，所以……"

"可是，既如此，你为何却要阻止我独闯江湖，添秀武林？"

鬼头七也就是六爷，眼神便一黯，叹了口气，"那是受你老爹之托，教你学会女红，吟诗弄琴，而务必远离兵器。想你爹当年戎装黄沙几万里，叱咤风云几十年，最后……所以，我要让你做六爷的千金小姐。谁知，你承袭了你爹的骨血，天生是个不爱红装爱武装的劲女，偏偏耐不住寂静，竟演出了离家出走的闹剧，我便只好四处寻找。而你这一走，我这一找，江湖上便以讹传讹地传开了，你偷了六爷的绝世秘籍，正在被六爷追杀。因而，弧一刀、巴图特里及一地刀之流便千方百计地要加害于你，尤其是一地刀，枉你曾在巴图特里手中救他一命，其实他早已识破了我的身份，但利欲熏心，终至于也害了他自己。"

"可是，可是……"草上影对鬼头七后一半话语一点也没听进，她的思维，却停在了"女红""弄琴""小姐"那里，"可是"了半天，终于提出了她的疑问。"鬼头七，哦，不，六爷，你，你与落梅师太是什么关系？这话，可是她曾训诫小女用的。"

"影儿，你终还记着落梅师太的话。"鬼头七已无血色的脸上，竟一时泛起了一抹红晕。然后抬手，在自己的脖子上用力地撕扯起来。可是，由于生命已垂危，实在是力不从心。弄得草上影好奇地伸过手去。谁知，这一撕，竟撕下了一张薄如蝉翼的面皮来。揭下面皮，已叫草上影惊呼不已了；而再看那面皮下的一张脸，草上影竟万分惊诧地大叫了一声："青姨！"

原来，鬼头七，六爷，竟然就是草上影的青姨，了了小青，人称落梅师姑。

落梅师姑此时异常安静，随着体温渐渐冷却，眼光渐渐散去，灵魂渐渐出窍，她便将那首念过千遍的诗词喃喃吟出：

> 风摧黄沙沙无痕，
> 埋下尸骨作草根。
> 天可怜见一夜雨，
> 醒来葳蕤满眼春。

在这吟唱声中，草上影满面泪流地抱起落梅师姑，一步一步向一望无际的大漠深处走去……

落日解鞍

官道上，一个黑点。

渐行渐大，渐大渐晰。一人一马。马是枣红马，人是侠中人。一袭黑衣，外罩一件红披风，腰中配一青剑，左手握缰，右手举鞭，正急驰而来。

突然，一声呐喊，前前后后，蓦地拥出无数官兵，枪刀剑戟，齐齐向黑衣杀去。可是，只片刻工夫，复又一片沉寂，只有马蹄的"嘚嘚"声在这黄昏中闷沉地响着，黑衣已然变成了红侠。是血，染红了侠，使得红侠的眼睛，似乎也被血所浸染。

骑马正过。

"呼"地空中罩下一片网来，红侠似早有备，霍地抽出青剑，只见寒光一闪，那网，便被裂帛般"哧"一下撕成了两半，骏马啸嘶一声，"踏踏"而去。

一道上的官兵，竟个个瞪着双诧异的眼。

夕阳。酒楼。笙歌。

二楼临街的一张桌上，一年轻俊士，弓起一脚踏在凳子上，右手端着杯，似喝未喝；左手随着靠门右边的一老儿的琴声以及那位十六七岁的女孩的歌声，轻扣桌沿打着拍子。

突然，"哐"的一声锣响，街上行人忙慌不迭地向两边闪避。只见锣声过去，后面一乘大轿，正耀武扬威地走来。楼上人便停了酒，有人"啊呸"地吐着唾沫，以示蔑视；有的粗鲁地骂上一句："小娘养的。"还有的便跑到窗前，向下看热闹。这时，那老儿和那女孩对视了一眼，也挤到那年轻俊士身边的窗前往下看。

这时，又一声锣响，顶着窗户"哐"地爆起，接着传来一声："王大人回府，闲人回避。"话音刚落，老儿女孩便倏地双双跳了下去；半空中，竟从身上抽出家伙来，那老儿使的是一把弯刀，一把如月般的弯刀，女孩则用的是一柄细剑，那种如柳叶般的细剑。

一阵叮当，一片血水。

可是，正当老儿女孩双双挥刀持剑杀向轿中的王大人时，不想，那轿帘未动，可老儿和女孩却双双犹如被风刮的叶般，从轿前飞送了出去。接着，一道白影从轿中紧随而出，掌劈中忽将五指成钩直扑过去。眼看老儿女孩跌在地上，身子都还没转过来，尤其那老儿，张开嘴"哇"地吐出一口鲜血，白影一到，非立即毙命不可。千钧一发之际，忽见一道黑影横空而过，一把青剑直逼白影。白影只好丢了那老儿女孩，忙撒手换招，变"冷千山"为"天随住"，迎向黑影。可是，只一下，黑影没了，再看那白影王大人，颈项上的血，这才喷了出来。

"红侠？"

在人们的惊呼声中，女孩赶紧扶起老儿，几个蹿纵，向那黑影追去。

侠石山下。一堆篝火，映着一张英俊的脸庞。

红侠将穿在枝上的鱼翻了翻，不时地凑鼻前闻一闻，然后再伸火上烤一烤。直至认为可能熟透了，这才有滋有味地吃将起来。一条吃完，他站起身，来到侧边的溪旁，随手折一枝，凝神屏息，不一会，只见他手微动，一伸一拉，一条鱼便又被他拽上了岸；那枝，正穿身而过。回到火旁，又重复着前面的动作烤了起来。如此再三，似不再是为果腹，而是在做一场游戏。

可是，突然他停了。那条刚刚送向嘴边的鱼停在了半空中，不过，只一刻，他只顿了一刻，随即又大嚼大咽起来。吃完后，他似吃饱了，没再去溪边，而是用刚才穿鱼的枝将火拨得更旺了些。

"朋友，既然来了，何不过来一块儿坐坐。"红侠不紧不慢地说了一声。

"坐就坐。"话音未落，却见人影一闪，两个人已到了火堆旁。一看，竟是先前跌得嘴角流血的老儿和那在地上身都翻不过来的女孩。

老儿往地上一坐，张嘴朝火堆吹了一口，吹得火苗夹着灰尘一蹿多高。女孩则站在一旁，仔细地盯着红侠看，看得自己满面飞霞，不知是火光映的还是怎么的，一边拉了拉老儿，一边道："师傅，他就是红侠？"

这时，红侠抱拳向老儿一揖："晚辈红侠，有礼了。敢问前辈可是晚晴风歇花落子？"

老儿一听，不禁呵呵大笑起来："好眼力，老儿正是花落子。"

"那——这位……"红侠将眼望向女孩，"可是东风欺客梦春威折了？"

"东风欺客梦这厢有礼了。"春威折敛衽一个万福，虽然"万福"得有点别扭，但却是很纯情的。

"好了，"花落子望着春威折那做作的女儿情态，忍不住眯起眼笑了起来。"梅边吹笛，我可不叫你红侠呢。你现在已杀了三三得九个贪官了，离我们约定的十个，还差一个数，不知下一个目标是谁？"

"是谁，这你管不着。看好你的徒弟春威折吧。"说完，红色披风一扫，掀得火堆霎时如满天飞星，爆裂开来，花落子和春威折显然没料到红侠突然有此一手，忙横臂护眼，待左扇右拍地将灰吹散，红侠早没了踪影。花落子与春威折对视了一下，无奈地摊了摊手。然后，两人不约而同地一个纵身，又没入了夜色中。

霓虹。艳声。人影。

柳外楼上美女顾盼。

忽然，随着一阵吆喝，老鸨眉开眼笑地迎上去："哟，金老爷，今天又刮东风啦。"然后转身朝楼上又是一嗓子："姑娘们，金老爷来啦。"于是，一帮脂粉便风情万种地飘下楼来。可是，金老爷于厅中桌前坐了，连眼都没抬一下，抿了一口茶水，微笑着对老鸨说："我说妈妈，听说最近你又进了一个鲜货，嫩青得很，是不是专为老爷我留着？"老鸨愣了一下，忙接着又笑将开来，俯在金老爷耳边："老爷你消息可真灵着呢，不过，那个姑娘太过狐媚了，凡见过她身子的人，不是少了一只眼，便是那玩意儿短了一截。"金老爷就略略扭头仍笑着问道："是吗？老爷我倒要见识见识。"说完，示意一旁的手下送上一封银子。老鸨立那没敢接，她知道，最近来的这个自称素娘的女子，确实有点妖气，那日和一个又驼又瘸的老儿一迈进门槛，老鸨就被她的美艳惊得眼珠子一闪，于是，尽管对她提出的收留那个老儿三分有四分的不满意，但看在这个素娘肯定能使她的柳外楼日进斗金，还是答应了下来。果然，素娘一出台，立马使得收入疯了般地往上涨；可更疯了的，还是那些个男人，为了争睹一下素娘的身子，竟连一只眼都不要，说此生见过如此娇娘，要眼还有何用？有的还自己将胯下那条命根子"咔嚓"一声，剪去半截，说触过这样的美人，还有什么能引起它的兴趣？虽然生意是红火，但老鸨始终有种担心，怕这红颜要引起一场劫难。这不，官至三品的金老爷也微服上了门，这要是叫他伤了一只眼或者是一根睫毛，剪去一截命根子，她这柳外楼还想不想开。于是，在金老爷说出要见识见识几个字时，答应不是，不答应也不是，先自哆嗦了起来。

金老爷仍然那么微笑着，一个眼色，手下又递上一封银子。老鸨想想长叹了一声，说："好吧，金老爷，您楼上请吧。"老鸨话音刚落，不知何时，已站在金老爷一侧的那个老儿，忙将手中的一条毛巾"啪"地抖一个响花，拎着个水壶，唱了一个诺，便将金老爷往楼上引。

来到"枝头香"包厢前，老儿一边高叫着："素娘，有贵客。"一边掀起垂下的珠帘，转向金老爷："金老爷请销魂。"金老爷便笑着递给他一封银子，冲他摆了摆手，那意思是叫他可以走了。可是，老儿却偏不自觉，尾随着跟了进去。好在，他只是拎着水壶进去给金老爷斟了一杯水，然后便退到了门边垂手立着，似也不十分烦人，所以，金老爷便也就没十分在意了。

随着一阵清香扑进鼻翼，只见一十六七岁的女子半遮青纱地盈盈款款从隔幔后面袅袅娜娜地走了出来。纵金老爷拈花无数，惹草千回，也一下被惊迷得张大了眼，连咽了几口唾沫。女子走到金老爷面前，风骚地在他脸上伸出小指轻刮了一下，说："老爷，不要这样，这怕是要吃了素娘吗？"然后，随手端起刚才那老儿斟上的茶水，递到金老爷嘴边，"喝口水先降一降火吧。"金老爷就眼不错珠地任由着素娘将茶水倒进了嘴，"咕咚"一声咽了下去，然后伸手就要去搂素娘。可是，他伸出的手却在半截中停了下来，惊得一下倒翻过了桌子，无比诧异地望着素娘："水中有毒！你到底是什么人？"素娘不急不恼，不慌不忙，将那轻纱慢慢掀去，虽然说着话，但却似冰凌："要你命的人，贪官，留下你的头来吧。"说完，不知何时手中的轻纱竟变成了一把柳叶剑，一招"幽窗照"便向金老爷刺去。金老爷也端的一身好功夫，虽然中了毒，见素娘剑到，生生一招"嫌明烛"伸手破空向那剑抓来。可是，素娘那剑却是一招虚招，半途突然换招，由直刺改成了下挑，指向他的鹤顶、膝眼二穴。这下金老爷纵是再有本事，也不敢接了，忙一个"消瘦影"，逃向门口。没承想，脚还未稳，那老儿却抢起手中的茶壶兜头向他掼来："狗贪官，还想逃。"茶壶掼出的同时，手中亮出了一把弯月刀。

出路被堵，后面柳叶剑又到，金老爷只好猛一发力，纵身向顶上窜去，意欲撞破顶层逃命。无奈，他已中毒，一口气没提住，只跳了个三尺，便再也窜不上去了，只好将眼一闭，等待那刀剑入身。可是，就在他闭眼的一刹，却见一条黑影一闪，从门外破空而至，一柄青剑"叮"的一声隔开了那柳叶剑和弯月刀。金老爷正自一喜，以为小命有救时，不想，那青剑却"噗"地一下直透了他个对穿；这时，他才说出了最后两个字："红侠！"

"梅边吹笛，真有你的，老儿又输了。"

"花落子，我已杀了十个贪官了，你可要说话算数……"

"红侠——"这时，素娘已换成了风情女儿，屈膝又道万福，"素娘这厢有礼了。"

"春威折，收起你的素娘把戏吧。"然后，转向晚晴风歇。"花落子，我多次提醒你管好你的这个徒弟，不要再作这番令人作呕的风尘之态。可你就是管不住。"春威折听了，却不仅不恼，反而忙向红侠抛了一个媚眼，勾魂浅笑地一揖，道："红侠，东风欺客梦这样不美吗？"

红侠便狠狠地瞪了她一眼，一转身，向外飞了去。

"哎，梅边吹笛，我们不谈了吗？"说完，花落子也是一个纵身，追了出去。

春威折见他们两人一前一后都飞了出去，猛地顿了一下脚，叫了一声："师傅，等等我。"一个旋身，也飘了出去。

山坡上，溪水边，红侠横马立于清风中。

果然，晚晴风歇花落子和东风欺客梦春威折绕过一片树林，向这边走来。两人不知为了什么，边走边争着，待到差点儿撞上红侠时，才啸叫一声，惊得跳出老远。

红侠翻身下马，抱拳施礼："前辈花落子，梅边吹笛有礼了。"

花落子似大度地挥了挥手："喊，算了算了。"

倒是春威折盯着红侠，又要道万福，被花落子那挥手的动作顺势一推，向前一跌，没"万福"成；那副滑稽相，要不是有心事，真能将梅边吹笛逗乐。

"好了，花落子，十大贪官我已一一除去，你的诺言，也该兑现了吧。"

原来，一年前，梅边吹笛临别师傅原知大师时，原知大师竟不顾多年修行，执子之手洒泪而泣。梅边吹笛以为师傅是舍不得自己离去，谁知，原知竟说出了这么一件事。那还是梅边吹笛生下不久，不过才几个月，被弃在一个山沟边，正巧被逃难而经过的原知看见给抱了起来。而垫在梅边吹笛身下的，除了一柄青剑外，还有一封信和一张图。原知犹豫了一下后，便展开了信。信中大意是说这孩子的出身为名门，但因当今皇上昏庸，听信谗言，竟下旨将其一家满门抄斩；现将这孩子丢弃于此，活耶死耶，全凭天命。如遇恩人，待其成年后，请将此图交与他，让他按图索骥，不枉少年。谁知，后来原知一时粗心，抱了梅边吹笛，拿了那柄青剑，不知何时，竟将那张图给弄丢了。没能将其先人遗嘱托转给梅边吹笛，原知一直十分内疚。这番学成下山，原知想起此事，不禁又是一番伤心自责。

梅边吹笛听完原知大师叙述后，对其劝慰一番，辞别之后，下山第一件事便是打听自己身世以及那张图的下落。很快，他便查到了一十八年前那桩旷世冤案，他梅边吹笛一家全被活活斩杀，是位老家人在乱军混杀中将他从母亲怀中夺过，偷偷送到了山沟边。只是，对那张图，任他如何追查，都一直杳无消息。这一日，他终于打听到一位早年曾在"红欲断"妓院挂过头牌的老妓可能有所知晓，可等他找到这位老妓时，老妓已是奄奄一息。但她还是给他提供了一个线索。不过，得他要答应她一个条件她才肯说，那就是无论如何要将她在"红欲断"妓院里生下的一个女儿也就是春威折找到，并将她训成良家女子。梅边吹笛当时只急于要打听那图的下落，想都没想便一口应承了下来；哪知日后见到的春威折，由于是在妓院长大，因而对那些妓艺无一不精，要将其训成良女，谈何容易。在得到梅边吹笛的保证后，那老妓告诉他去找一个人，一个性格十分乖戾且无常的人，名叫花落子，人称晚晴风歇。说完，便溘然闭了眼。

只要是人，梅边吹笛就能将他找到。

果然，找到了。不过，不是梅边吹笛找到他，而是他找上了梅边吹笛。

梅边吹笛连月来的寻找和打听，显得异常的憔悴，这一日来到一座小镇，独在楼上喝着闷酒，感叹自己命运多舛，不禁一时悲从中来，不能自已，竟"啪嗒啪嗒"地掉下泪来。待他好不容易止住泪，稳了情绪，不意往桌上一看，竟讶然一惊，因为不知何时，桌上竟有一封信。梅边吹笛在门口望了半天也没找着一个可疑的人。折转回来后，他仔细地想了想，刚才这楼上除了那个拎着个茶壶又驼又瘸的老儿来给他续过一次茶外，就再也没见过别的人了。难道是那老儿。他忙楼上楼下地又转了个遍，可遗憾的是，当时他没太在意那个老儿，竟一点长相也想不起来。于是，他打开那封信。信有两张纸，第一张上说，他就是花落子，确实只有他知道那张图，并还告诉他一件惊喜的事，就是那老妓的女儿东风欺客梦，叫春威折，竟是他的徒弟。不过，要想得到那张图和见到春威折，他得要听从花落子的指派。打开另一张纸。梅边吹笛急急地打开另一张纸。可是，那张纸中却卷着一堆小纸团，数数，正好十个。花落子的信继续写道，那十个贪官，无不搜刮民脂民膏，足以死上十次。但那十个纸团梅边吹笛不得一次性打开，必须杀死一个再打开一个，一直到杀完十个，但如有一次不是他杀的，那么，他就别指望能见到他的那张图和春威折。于是，梅边吹笛便打开了第一个纸团，上写"黄无球"。暗暗一想，这黄无球果真是个大贪，无恶不作，真真是罪该万死。于是，原知大师转赠给他的那柄祖传青剑，便第一次开了刀锋。如此一路杀来，直到第九个，花落子才现身。于是，便有了前面的一幕。

见梅边吹笛热切切地望着他，要兑现诺言，他竟装起聋作起哑来。拍了拍手，说："好呀，你不就是看中了我这个徒弟吗，徒儿，过来。"春威折立马一副乖乖女模样走向前去，花落子拉了她的手，说："去，去，梅边吹笛看中了你呢，你去相相，相中了，告知师傅一声。"说完，将春威折往前一送，借梅边吹笛一分神，拔腿就想溜。可是，他刚一转身，梅边吹笛竟挡在了他面前，吓得他伸舌头缩脖子，暗暗地赞了一声："好轻功！"

"罢了。老儿逗你玩呢。"花落子连连摇了摇手，说道。

不过，春威折却不知这幕后一幕，她只知十岁那年被花落子领出妓院，开始学功夫，练就一手柳叶剑，并将那小时候在妓院里看到的听到的各种风骚情态也演练得惟妙惟肖之外，只知师傅对她好，同时，由于师徒二人多年的对练，使得他们心有灵犀，在江湖上早已名声远播。此时，她以为花落子真的还是在逗着红侠玩儿呢。于是，她又要施展那种"风情"，但见花落子摇过手后，竟少有的正经敛容，才知这次师傅是动了真的。

"梅边吹笛，那图，老儿确实知晓，过会老儿便带你去取。不过，你得答应老儿，老儿这一生，只有徒儿春威折一个亲人，我看得出来，她对你动了真情，你可要发誓，一辈子待她好。"说着，竟红了眼。

这边春威折听他这一说，心底里"哄"地一下似着了火，一直烧到了颊上；见花落子情真如斯，忙挨过去，低了眉，小声说："师傅，你说什么呢？春威折就喜欢师傅一个人。"

花落子伸手拍了拍春威折的背，说："乖徒儿，骗不了为师的！"然后转向梅边吹笛，"小子，你答应还是不答应？"

红侠便不自觉地望了一眼春威折。这一望，竟也不禁怦然心动。说实话，以前乍一见她，他心底里便有种蠢蠢欲动的感觉，只是由于寻图心切，要完成花落子的十个贪官之责，因而，每次除了叮嘱一声"看好你的徒弟"外，也便没再深想，现被花落子一点，终于将这爱火给燃了，当下红了脸，嗯嗯啊啊了半天，也没能说成一句囫囵话；倒是将花落子给逗得哈哈大笑了起来。

"好了，好了，我徒儿有归宿了。走，吃酒去，老儿高兴，非喝醉个东西南北不可。"说完，就率先笑着向山下走去。

红侠与春威折不自觉地对望一眼，又迅速将眼光闪开，都微微红了红脸，跟了上去。

太阳被雾一拦，苍白着脸，挂在东山顶上。晚晴风歇花落子，东风欺客花威折，梅边吹笛红侠，三人运起轻功，一路行来。

转过一片树林，钻了一丛灌木，前面兀地立着一块巨石，巨石下面，几块小石参差不齐地码着。花落子几步跑过去，用手抓住最下面的一块一拉，"哗"的一声，小石全都倒了下来，一路"叮叮""咚咚"地滚了下去。原来竟是一个小洞。洞很深，花落子趴在地上探进半截身子，用手一摸，然后退了出来。手中已然抓着一个小布袋。红侠和春威折也不言语，全都将头凑了过去。看着花落子三下两下将布袋扯开，从里翻出一张纸来，打开，正面画着一幅图，线条弯弯曲曲，好似一条小道，直向山上蜿蜒，道旁一边是树，一边是溪，此外，再无别的标志。花落子颠过来倒过去地看了半天，"喊"了一声，道："这破玩意儿，我还以为什么大不了的宝贝呢，害得我像藏玉玺般地将它藏在这儿这么多年。""师傅，"忽然，春威折劈手夺了过去，说，"这反面还有字呢。"于是，三颗头又赶紧凑在一起。一看，竟是半片诗词："春衫著破谁针线？点点行行泪痕满。落日解鞍芳草岸，花无人戴，酒无人劝，醉也无人管。"一连将这半片诗词读了三遍，三人还是一无所解。

花落子口中念念有词，想着那图，那诗，红侠拧眉坐在一旁静思，只有春威折将那张图一会翻过来，一会折过去地看着。"有了。"突然，春威折大叫一声，惊得花落子和红侠遽地一跳，问："有了什么？"春威折将那图捧给花落子，道："师傅，你看，这小路，这山，我们在哪见过？"花落子挠了挠头，想了想，又摇了摇头："没见过。""怎么没见过？"红侠接过来，仔细地看了看，嘴里不自禁地"咦"了一声，说："是有点眼熟，可是，这是哪呢？"

三人正自猜疑，忽然，一声炸响，不知何时，他们竟已被无数官兵层层包围在了垓心。

原来，"红侠"大名早已传遍南北，百姓闻之，无不拍手称快，清官闻之，无不举杯痛饮，污吏闻之，无不胆战心惊。但昏君无道，不辨忠奸，竟然下旨，让各地官府，竟相通缉；只是他们三人少问尘事，一直蒙在鼓中而已。

红侠三人一见这黑压压的人群，个个心中一凛，尤其是春威折，虽经战无数，可哪里见过这种铺天盖地的情形，吓得一脸的惊惧；忙紧紧靠在一起，成一"带愁流处"阵势，操刀握剑，各视一方。

这时，有一武官模样的勒住马缰，高声叫道："红侠，尔等已被包围，还不快快受降。"

"叫你呢。"花落子用肘拐捣了捣红侠。"怎么办？"

"杀吧。"春威折由当初的花容失色，现在却反而变得异常坚定了。

"好。"红侠道。"我们紧紧跟着，不要被打得散了。"

于是，呐一声喊，三人旋风般卷向敌阵。"万里云罗""残宵犹梦""东风无力""断无消息"——招招过去，嚓声一片，血洒一地。花落子杀得性起，一边呼呼喝喝，一边跳上纵下，一把弯月刀被他使得只见寒光不见刀影。杀着杀着，竟只剩了一个人，瞅空蓦地一回首，红侠和春威折却都不见了。那边红侠一看花落子被敌人隔了，忙向春威折叫上一声："往那边杀。"率先青剑一挑，一招"卷珠箔"，啸叫一声，向花落子靠去。可是，等他与花落子杀到一处，回头来招呼春威折时，不觉惊出一身冷汗：春威折不见了。两人再也无心恋战，红侠一个"欲见回肠"，拔地纵上五尺，放眼望去，只见官兵有的在向外逃，有的在向这边来，哪还有春威折的影。花落子见红侠那焦急紧张模样，却竟嘻嘻笑了起来，回手一招"旅魂孤"砍下两颗脑袋，叫道："梅边吹笛，我们闪呀。""那春威折呢？""管不了喽。"花落子边说边几个起落，踏着官兵的头颅，不一会儿，便闯出了包围。他对他的那个徒弟太了解了，八成早已掠出阵势，躲在哪撩哪个男人去了。红侠无奈，也只好啸叫一声，尾随着一招"山随平野尽"窜了出去。

两人将大队人马扔下后，放眼望去，官兵已在打扫战场，并无再战迹象，这才稍稍安了心。因为这说明春威折确已杀了出去。红侠微叹一声，正要准备离去，不料，花落子不知何时却已立在了不远处，见红侠转过身来，竟又嘻嘻一笑，道："梅边吹笛，在想我那徒儿？"红侠看春威折不见了，花落子不担心倒也罢，反而竟还能笑，心中多少就有点恼，但他嘴上没说，也没答他的腔，径自向前走去。花落子讨了个没趣，倒也挺自觉，不再言语，随了红侠，两人一前一后沿着小路踽踽向前走去。

三天，已经是第三天了。

不见了春威折，红侠虽然尽力将心思集中在那张图上，但春威折那张俏脸，轻抿嘴唇，似笑非笑，还有那把柳叶刀，在她手中，如舞台道具，被她使得曼妙无比，老是出现在他脑际。花落子呢，见红侠一个人只顾想着他的心思，对他似答不答的，他也就轻叹一声，兀自自己归来去兮。但每到傍晚，他又会神出鬼没地走到红侠身边，然后升上一堆篝火，递上一壶酒，两人说上一些不紧不慢、不痛不痒的话。三天来，有两个晚上，他们就这么过了。今天，眼看太阳就要偏西，可是，春威折仍然毫无消息，虽然花落子没说他去了哪里，但红侠心想，他一定是去别的地方打听春威折去了。

由于怕再惹官兵，红侠只能潜身隐形拣镇上街口热闹处，尤其是墙上张贴的什么斩人布告、官府公文等所在，想如春威折被官兵捉去，必定会张榜昭示的。可是，两天多来，他一无所获。

前面一片树林，林后一座小山。红侠望一眼，叹息一声，向那走去。

可是，当他刚进林子，那花落子不知从何处也钻了出来。两人一见，不用说话，单看脸色，就知又都毫无结果。终于，花落子憋不住了，道："梅边吹笛，你是怎么了？春威折不见了，你急难道我就不急，须知，她还是我的徒弟呢。这两天来，大大小小的妓院我都跑遍了，也没找着她。以前她也有过独自离去的时候，但只要我往那种地方一打听，准能找到。可是这次，我却真的是黔驴技穷了。"

红侠就抬眼看了看花落子。花落子在说完这番话后，似吸溜了一下鼻子。于是，心中不免一酸，春威折的娇俏模样，又出现在了眼前。伤感的眼中，那娇俏的模样仿佛从树间一闪一飘，轻轻地落在了他的面前。他使劲地眨了眨眼睛，可那个身影，却真的真真切切地立在了他的身前。倒是花落子抢先叫了起来："嗨，徒儿，你去了哪里？"红侠知道，这不是幻觉了，而是实实在在的春威折了。不禁冲动地一步上前，将她紧紧地抱在了怀里，直到花落子左一声咳嗽右一声咳嗽，他才觉自己的失态。春威折呢，才不在意花落子的兴奋和红侠的多情呢，她一手拉着花落子，一手拽着红侠，道："走，走，我带你们去一个地方。"

"哈哈，总不是带为师的去那种地方吧。"花落子呵呵地笑着说道。

"师傅。"春威折嗔怪地睨了花落子一眼，然后转向红侠，说："你的那张图呢？"

红侠便将图拿了出来。春威折一把夺了去，迫不及待地打开，指着道："你们看，这个地方，是哪？"花落子和红侠对视一眼，又都望向春威折："是哪？"春威折启发道："还记得红侠杀掉第九个贪官王大人后，在溪边烤鱼吃的那座侠石山吗？"

经春威折这么一点，红侠将图接过来，再一细看，可不是，那图上画的不正是那个所在吗。于是，三人不约而同，轻提一口气，催动双腿，向那奔去。

山色青青。溪水潺潺。夕阳映红。

红侠三人将图反反复复看过，除了确定画的就是此处而外，便再也找不到其他的任何蛛丝马迹。看来，这图的作用，仅此而已了；再有，便是那半片诗词了。于是，三人嘴中，便就又都念念有词地叨起那半片诗词来。

一个时辰过去了。太阳已由烈焰变成一个红红的气球挂在了西山上。突然，又是春威折叫了起来："有了，你们快看，'落日解鞍芳草岸'，眼前不正是'落日解鞍'吗？"

春威折边说边用手指着夕阳，然后再将手一伸，说："你们再看那边，'芳草岸'，不就是草的那边吗，那儿那块巨石，岂不就是'岸'。"春威折话还未落实，花落子便叫了起来："走，我们去看看。"三个人几乎是同时一阵风便到了那块巨石跟前。

这块石头真是"巨"，长长的，有五尺多高成一整块。三人围着它转了三圈，也没能转出一点儿名堂来。可是，红侠先人既留此图此诗，肯定会有它的意义的呀，总不会是他先人于此坐了一宿而发一腔空愁情绪吧。

眼看落日将尽，三人仍是一筹莫展地蹲在石前，也不言语，各自想着心思。

忽然，花落子跳了起来，围着巨石左一瞅右一瞧，然后双掌抵石弓膝"嗨"地一发劲，可是，巨石却纹丝未动。花落子只得拍了拍手，尴尬地笑了一下，复又爬上石块，坐了。可是，他这一下，却提醒了红侠。于是，他将春威折和花落子拽了开去，然后拔出青剑，立一个姿势，一招"清雾敛"，直向巨石劈去。

刀石相碰，奇迹忽出。

只听一声脆响，巨石分成了两半。

三人急急探身，只见石中横躺一剑，在这黄昏中，发着耀眼的光。红侠上前，伸手从石中拿过，上下看了一遍，然后，鞘交左手，右手握住那剑，轻轻一抽，只听"铮"的一声，白光一闪，一把白剑便握在了手上。剑身宽处，刻有两字："天剑"。这时，春威折又叫了起来："红侠，这还有封信呢。"原来红侠在看剑时，她却已钻到那劈开的石中去了。女人的心永远是比男人细的。红侠将剑收回鞘中，接过信来，展开，却不是信，而是两句话八个字："青天一剑，报仇雪恨。"花落子一见，脸色似乎突地一变，而红侠和春威折只顾去看那字了，却并未在意。

红侠将那八个字复又念了一遍，然后忽有所悟，"嚓"地一下拔出身上佩的青剑，一看，剑身"青剑"二字闪着冷光。"青剑，天剑，青天一剑。"红侠边嘴中念着，边又"呛"地一下拔出天剑，两剑在手，青白互辉，如此神奇，正让红侠诧异无比时，接下来发生的一幕，却让红侠和春威折惊得目瞪口呆。

花落子见红侠双剑在握，似突然明白了什么，吓得脸色刷地一下就白了，转身便逃。这本身就够红侠和春威折诧然的了，可更叫他们惊诧的是，当花落子转身还没逃出十步，红侠手中的青剑天剑却如有神灵，竟从他手中脱出，只见乍光一现，两剑合璧，形成一剑，直向花落子飞去；临近他身时，却又倏忽分开，天剑直刺他的"天柱"穴，青剑直指他的"至阳"穴，一上一下，纵是花落子有天大的本领，也难逃此击。等红侠和春威折回过神来，花落子却已"噗"的一声，扑在了地上。二人急掠上前，伸出食中二指，红侠上，春威折下，封住剑伤周围各穴，以护住其心脉。可是，为时已晚，当春威折一声"师傅"将花落子扳过身来，花落子只拼尽最后一口气指了指胸口处，头一歪，便归了西天。

这一切发生得太突然了，红侠根本来不及想，只怔怔地看着已断气的花落子以及正在解他上衣的春威折。待春威折好不容易解开花落子的上衣，从他贴身的口袋中摸出一封信来，这才似醒了般，上前一步，单膝跪地，叫了一声："花落子，晚晴风歇，这，这究竟何故呀？"而这时，春威折却已将信打开了。

可是，不看则已，一看，竟让他们且悲且喜且嘈且叹起来。

二十年前，提起皖南双煞，谁人不知，无人不晓。一叫春煞梅边雪，一叫冬煞花落子。但正所谓一山难藏二虎，两煞虽都效力朝廷，而平日里却总格格不入，一个说东，一个就偏要说西，总是凑不到一块儿。但，某一天，二人却忽然地由原来的"老死不相往来"，一下变成了"执尔手有说有笑"，不知情者以为他们既为同僚，当竭力辅君；知情人却都明白，那是因为"红欲断"妓院里新来的头牌柳回春。

柳回春正值二八娇龄，几乎不施粉黛，但却妖艳绝伦。一双眼，秋波轻荡，淹尽多少男儿魂；一张嘴，微笑轻启，诱尽多少男儿魄。那一日，柳回春刚刚梳妆完毕，忽闻楼下一片嘈杂，这嘈杂与以往的浪声淫语不同，似有金属佩剑之声。于是，她不自禁地伸手撩起半片珠帘，探眼一望，只见两乘官轿停在院中，老鸨正忽东说三句忽西道四句地在左右周旋。然而，当柳回春刚一探头，几乎同时，两乘官轿中忽忽各飞出一人，一掠而上，还没等柳回春回过神来，脖子便左边刀右边剑地给架上了。好凉。柳回春先是一愣，但接着便明白了，这两个男人是在为她争风呢。这情势，她见得多了，不看别的，单看他两人视她而不见却只是喷着火地互相逼视着对方，她就明白了。于是，她秋波一转，朱唇一抿，伸出双手，一手推剑，一手推刀，娇嗔一声："二位大人，莫要吓了回春。"还别说，两人当真就撤了刀剑，但仍然在逼视着对方。柳回春于是又轻启朱唇，道："二位大人都是为了回春，回春可不愿二位大人伤了和气。这样吧，二位都请进回春的'云雨梦'喝杯酒，交个心，由回春定夺，如何？"于是，梅边雪和花落子就都互"哼"了一声，随着柳回春进了"云雨梦"包厢。

也不知柳回春用了什么法门，反正待梅边雪和花落子再出来时，却已是相互携了手，有说有笑，拱手进轿，各自回的府。

打那以后，皖南二煞便经常出没于"红欲断"，"云雨梦"里时常传出他们二人那无肆的笑声。转眼，半年多已过。这一日，二煞刚刚踏进"云雨梦"，柳回春却按捺着欲喜又欲惶的心情告知他们，她已有身孕二三个月了。这半年多来，她除了跟了他们，就再也没有让别的男人染过指，显然，肚中的孩子，是他们两人中的一个的。二煞听后，闷哼了半天，没吱声，心中却都在想："可千万不要是我的。"梅边雪先站了起来，丢下一句"花落子的"，便出了"云雨梦"。花落子一听，忙叫了一声："你梅边雪先上的她的身，还讹我不成。"边说也边大步下了楼。

两人一前一后甩袖出了"红欲断"，却从此，两人又失了和气，回了从前。

该着梅边雪倒霉，那日押送军银，不意被劫，后竟在他的老家宅院里给搜了出来。于是，花落子借机一本参奏，昏君一旨，可怜梅边雪一家老小一十七口，全被抄了斩。没承想，老家人拼死救出了才出生几个月的梅边吹笛丢在山沟边，自己以身引开追兵，算是为梅边雪留了后。当花落子知道后，虽派手下前前后后找了不下三天三夜，但一直没找到，以为那才几个月大的娃儿，不定冻死、饿死抑或被野狗吃了，也就没再追查。哪知，梅边吹笛福大命大，幸遇了原知大师。

此后的几年，花落子很是得时、得意。可是，花无百日红，人有旦夕祸。不知是谁，在皇上面前参了一本，说当年梅边雪失银一事，纯系花落子为争风吃醋设计嫁祸陷害的。于是，当今皇上金口玉言，免了他的所有官衔，赶出军营，永世不得进朝。这样，花落子一夜之间，就变成了一个流离失所之人。

闭门潜思，扪心自问，花落子确感自己罪孽深重，梅边雪一家十七口的头颅，只要一合眼，就会骨碌碌地在他面前滚动。为赎己过，花落子又去"红欲断"，找到了当年红极一时而今却已年老色衰的柳回春，领出了那个当年他与梅边雪都不敢承认的女孩，心想，如是自己的骨血，算是尽尽为父之责；如是梅边雪之后，也算是补一补己过。其实，柳回春将女儿交给花落子，实是无奈之举，因为自己身为女人，深知这妓院的环境对一个女孩也就是后来以一柄柳叶刀闻世的春威折的影响有多大。因而才忍痛将她交了出去。但她又怕花落子疑心她是梅边雪的骨肉而不善待，因而为试他的诚心，告知了花落子她从嫖客口中得到的消息，梅边雪还有后在，并且留有书信。在花落子一再表白他为梅边雪的事真的十分忏悔后，柳回春这才放了心。

花落子虽然从内心里真的忏悔了，但听说梅边雪还有后人，尤其是还留有书信，心下总还是有点不安。于是，历尽本事，从原知大师那里将那所谓的"书信"给偷了出来。可打开一看，并没发现什么特别之处，只一首见尾不见首的诗词和一张不知画着些什么的一张图；再与柳回春推敲了半天确认没有什么内容后，这才重又将其包好，随手将其丢在了坡上的那块石洞中。只是他没想到，当年梅边雪早已预感到花落子迟早会对他下毒手，因而将祖传的青天一剑中的天剑，事先收藏在了这块石中。

花落子收养了春威折，如从此安心居日，颐养天年，倒也不失一件好事。可是，花落子看到如今官场上的腐败之风日盛，想到当年自己的威风，竟不禁激起了一种变态心绪。因而，当那天梅边吹笛从已奄奄一息的柳回春口中得知线索找上他时，他便提出了让他去杀十个贪官的建议。心想："如果梅边吹笛因杀官而被捕处斩，算是彻底绝了梅边雪的后；如能生还真的杀了十个贪官，也不是件坏事，最起码算是出了一口鸟气。但当他在带着梅边吹笛和春威折重新于石洞中摸出那张图和诗时，他就后悔了，感到这一时的疏忽，可能会就此埋下祸患。只是他压根儿没想过，这图这诗竟就是梅边雪让其后人找他报仇的批示。因而，他将这一切，预先写好放在了身上，准备一旦梅边吹笛向他报仇时，他就将其交与他，让过去的一切真相大白；同时，也表明自己的忏悔之心。可他万万没想到的是，这青天一剑竟灵性异常，双剑合璧，直指仇敌，根本不容他解说。因而，他终还是没能逃此一劫，也算是败给了梅边雪吧。

　　起风了。月色昏昏。

　　梅边吹笛和春威折于坡上，相视无语，百感交集，都在想着：他（她）和我，是亲人？是情人？还是仇人？

　　试问夜如何？

　　无寻处，唯有少年心。

一 引侠

天羽山庄位居宣城西门，物华天宝，人杰地灵，庄主弓长张宅心仁厚，祖上曾受皇恩荫庇，至今"圣旨"牌坊，仍高竖庄前。弓长张十八岁结婚，在一连中了三个千金后，及至四十，才喜得一子，起名叫弓一引。

寒来暑去，春夏秋冬，弓一引转眼已到开蒙读书年纪，弓长张特地重金为其在现代新文化运动的发起者胡适故里上庄聘一塾师，教其琴棋，传其书画，授其诗赋。弓一引虽为弓家唯一男丁，且又有三位姐姐弓一锦、弓一秀、弓一花对其呵护，虽他聪明一般，却勤奋异常，十岁上，就能将《百家姓》《三字经》《增广贤文》等背得滚瓜烂熟，即使那唐诗宋词，也能背得上千首。要不是后来的一场病变，也许他将会成为一名很好的文官。

那是弓一引十岁生日那天，一家人欢聚一堂，觥筹交错，举杯额庆：弓家男丁茁壮如梁，潜心研修，一图报国，再图光宗，三图耀祖。可是，恰在这时，小寿星弓一引却突然大叫一声，扑倒在地，继而双手乱舞，满地翻滚，惊得一家面色全无，惶恐不已，手足无措。慌乱中，弓一锦不慎将桌子碰翻，杯呀、碗呀、盏呀、碟呀稀里哗啦全砸在了弓一引身上。谁知，这一砸，弓一引竟奇迹般地连声说："好舒服。"再翻了两滚，居然好了。一家人且惊且喜地纷纷搂抱住弓一引，嘘问不止，亲热不已。只是生日的那种喜气，平添了几把眼泪。但毕竟是以平安无事收尾，仍不失幸事。拿在外做官的大姐夫肖水子的话来说："处变不惊，惊而不乱，一定平安。"拿稍懂相卦之术的二姐夫王二木的话来说："吉人自有天相。"拿挂牌行医的三姐夫胡一仁的话来说："气不畅则滞，滞久则聚，聚久则发，发则气顺。"望着几位姐夫一个个文绉绉的"摇头晃脑"，弓一引不禁大笑了起来，说："姐夫们，不要再在那'斯文'啦，我都没弄清楚究竟是怎么回事呢。"一家人总算在笑声中宴终席散。

可谁知，第二天几乎是同一时间，弓一引又旧病复发，浑身难受，满地打滚。起始，弄得一家人又是大惊失色。还是弓一花反应快，她说："昨天是大姐无意碰翻餐桌砸了他，他才好的。"于是，人们便试着赶紧搬些碗碟，一只接一只地朝他身上扔去。别说，这一扔，弓一引还就真的安定了，爬将起来，拍拍灰土，没事儿一般。接连三天，天天如是，连行医的胡一仁也看得直咋舌，不知何因。倒是王二木，上蹿下跳，说是中了邪。既中了邪，那就驱鬼吧，可任他怎么折腾，弓一引依旧还是每天一次地犯着病。这样，几天下来，家里的盆呀碟呀的，全被摔了，连吃饭盛菜的都没了。于是，大家就又七手八脚地试着用棍棒乱打一气，结果呢，效果一样。

这样，有事无事，弓一引天天都要"讨打"一顿。起先人们打时还注意点手脚的轻重，可是日子一长，脾性再好的人也失了耐心，于是，只要弓一引病一犯，见着的人随手操起棒子乒乒乓乓地就是一通打，也不管什么轻重了。虽然如此，却丝毫没有影响弓一引的读书。不知不觉，三年过去，弓一引不仅个头蹿高了一大截，而且诗书画也大有长进；更为称奇的是，每天的一顿"打"，竟使他练就了"钢骨铁身"，任你用粗细棍棒，也任你有头无脑，他都毫不在乎，越打他反觉越痛快，如若不打，他便感到浑身上下筋络凝塞、不畅。弓长张一见如此，索性花气力从河南嵩山少年寺请来一位高僧，为其指点套路，习起武来。高僧见过弓一引，立即合掌"阿弥陀佛"，说了一句偈语："影无踪吾无影。"弄得一家人大眼瞪小眼的。

师傅教得精心，徒儿学得认真，转眼，弓一引已是十七八，文韬武略，一表人才，要不是时局动荡，弓长张早送他进了北平，上了大学，谋了功名。可是，这几年，时局一直不稳，好在，天羽山庄民风淳厚，所以尽管庄外风风雨雨，庄内却依旧安然怡情。

不料，这一日弓一引刚刚练完一通"鹤鸣唳"，庄外突然传来"叭叭"两声枪响。接着，庄前便人声大乱，呼天抢地。待弓一引扶着老父弓长张赶到庄前时，一队日本兵正"哇啦"着向庄内杀来。弓长张要过一把椅子，于道中坐了，微闭双目，作"忘我状"。小鬼子正闯得兴起，忽见一老者端坐在前，嘴角露着不屑，凛然蔑视，不禁一愣；但毫无人性的鬼子，一句话也没搭理，端起刺刀，就冲弓长张刺来。说时迟那时快，弓一引一个箭步上前飞起一脚，然后再一个三百六十度旋转，只听"啪啪"几声，鬼子便"啊呀哇啦"地倒了一地，有的还跌出了一丈多远；而枪，却早已到了弓一引的手中。然而正在弓一引将手中的枪掉过头来的一瞬间，后面的小鬼子十几支枪一齐射出了罪恶的子弹。弓一引不得已，只好"嗖"地平地拔起，在空中划一道美丽的弧线，同时如鹤般长鸣一声，"唰唰"射出一把碎石子。这招"鹤鸣唳"叫鬼子一个个丢了枪捂了脸哭爹喊娘地乱作一团。但待落下地来，一看，可惜英明一世的弓长张，已倒在了血泊之中。

可是，弓长张的尸骨未寒，灾难便已顷刻笼罩上了天羽山庄。鬼子黑压压一片，将整个庄子几乎围了个水泄不通，接着，随着第一发炮弹的炸响，鬼子开始了血腥的洗劫。一座经年的山庄，就这样在日本人的淫威下，陷入了万劫不复之中，成了一座废墟。

在这场浩劫中，弓家与全庄父老一样，也几乎灭绝。大姐弓一锦、三姐弓一花，还有大姐夫肖水子均被乱炮炸死，其他人等于混乱中侥幸逃了一命，但从此却断了音讯。弓一引在第一发炮弹落地时，正与师傅在父亲柩前守灵，待炮弹炸响，弓一引惊得一啸跃上房顶时，师傅却双手合十，将刚见弓一引时的那句偈语又念了一遍："影无踪吾无影。"然后仄起手掌，闭上双目，打坐在那，不再言语。弓一引见师傅还坐在原地，恐遭炮弹伤害，忙又跳将下来，伸手去拉师傅。可是，一下竟没拉动，再拉，仍未动，弓一引便纳了一下闷，及至细细一看，原来，师傅已自圆寂了。可不等弓一引放悲一声，空中又传来炮弹的呼啸声，弓一引再次长啸一声，跃向空中。几乎是与他跃起的同时，炮弹落在了师傅的身边，"轰"的一声，腾起一股烟尘，一切都空无了。紧接着，炮弹一颗接着一颗地向庄上飞来，弓一引只得连跳带跃，飞出了山庄，逃得了一命。

光阴荏苒，一晃数年。皖南闲云山出了一位大侠，他一不杀财主，二不杀商贾，三不杀穷苦，却专门捡日本鬼子杀，而每杀一次，他都留下一个标志，用死尸的血在地上写上"一引侠"三个字。但据见过一引侠的人讲，一引侠又不是一个人，尽管他有时独来独往，但大多是三五成群，有时还有大队人马。独来独往，无声无形；三五成群，只闻风声；大队人马，席卷残云。打得鬼子晕头转向，胆战心惊，草木皆兵，惶惶不可终日。欲捕，不知捕谁；要杀，又不知杀谁。

这个一引侠，不是别人，正是弓一引。他在日军炮击天羽山庄的那场浩劫中逃出来后，便联络了一帮同他一同逃出来的庄民以及同样被小鬼子逼得家破人亡的兄弟姐妹，进了闲云山，开始刀耕火种，储备粮食，研刀习枪，苦练本领，然后利用大山屏障，神出鬼没，专捡小鬼子打，今天摸他一个哨位，明天端他一个岗楼，后天再炸他一个军火库。为了慎重起见，弓一引严明纪律，完善制度，没有两名以上的手下联名保荐，队伍内不得引入任何生人，以免暴露行踪。所以，不仅日军找不到他们，就连国内的国民党和共产党，都找不到他们。他们每打一仗，均留下名姓"一引侠"；有时还故意留下下一个袭击目标和袭击时间，明确告诉鬼子。这些目标有时他们真的就按"明确"的时间去做，有时又偏偏不去，待鬼子松懈了后，却又突然去，弄得小鬼子精疲力尽，狼狈不堪。

时任宣城署长的日军龟田九雄上任不到三个月，就被上峰骂了不知多少个狗血喷头。春去夏来。龟田九雄的上峰对他最后通牒，如果再消灭不了这股"土匪"，他就不要再回大日本帝国，留在宣城为天皇效忠好了。什么效忠？就是叫他剖腹自杀。于是，龟田九雄气急败坏，调集其所有部队、武器，学着中国的"背水一战"兵法，等部队开拔后，便一把火烧了营地，誓要灭掉一引侠，因为，他不灭掉一引侠，就要灭掉他自己。

弓一引得到消息时，已是龟田九雄开拔后的第三天了。虽然龟田九雄盲无目标，但他一到闲云山，每到一处，便杀一处，便掠一处，便烧一处。他要将整个闲云山杀光、掠光、烧光。得到消息后，弓一引立即召集大家，共商如何阻止日军荼毒生灵。可是，还没等他们坐下来商量，又有消息来报，说小鬼子不再打了，因为，日本宣布投降了。

"不行。"弓一引听说日本投降，就不能再打了后，断然地说，"他们杀了我们这么多中国人，想溜，不行。弟兄们，操家伙，明天我们就去杀了他们。"

可是，他们终没杀成，因为龟田九雄一听说投降，便长长地吐了一口气，因为他的小命保住了，几天的掠杀，他连"一引侠"的影子也没见着，叫他如何能灭掉他们。于是，前面接到命令，后面他就连夜沿溪口、华阳，经宁国，逃回了南京。所以，弓一引他们第二天追赶过来时，小鬼子留下一片狼藉，早夹着尾巴逃没影了。

冬去春来，转眼到了1946年夏天。通过近一年的努力，弓一引将废弃的天羽山庄又重新建设了起来，基本上恢复了原来的状貌。庄民是他原手下，除了留有一部分仍在闲云山耕种外，其余全部回了山庄，还有一些四方慕名而来的百姓。但无论是原来的庄民还是外来的百姓，弓一引一律以礼相待，平等共处。所以，那种"谦恭礼让，习武尚德"的遗风，又逐渐在庄内形成。

这一日，吃过早饭，弓一引正准备去武馆教导庄上那帮后生时，忽然有人来报，说庄外有人要见弓一引，并说那人好像是二姐夫王二木。弓一引一听，不由一喜："二姐夫还活着！"忙三步并作两步地奔向庄前。一见，果真是王二木。两人不禁相拥而泣，直待回到大厅，弓一引这才仔细地打量起王二木来，见他虽比以前略为苍老了一点，但皮肤光洁，脸上也少皱，显然未受多大的苦难。于是，弓一引便问起这些年，他是怎么过的，二姐还在吗，她人又在哪，等等。王二木便叹口气，说："怎么过的？一言难尽。你二姐很好，本来今天准备和我一起来的，可是临时有事给耽搁了，让我先过来看看是不是你。当我们听说山庄又有人了，且庄主一手好功夫，能横掌断碑，竖掌断石，尤其是平地拔起，在空中发出鹤鸣。于是，我就料想，那肯定是小弟你。"一番武功的描述，早将弓一引听得心里高兴了几分。王二木接着说："不过，小弟这番功夫虽好，但比起现在的枪炮来，可就要逊色了。我看，小弟不如随了姐夫我，去当兵，效忠蒋委员长。"说到"蒋委员长"，王二木还情不自禁地站起来立了一下正。"效忠蒋委员长？哪个蒋委员长？""嘿，小弟呀，你真是'躲进小楼成一统'啊，连蒋委员长都不晓得？目前的局势，国民党已基本上统治了中国，马上就是蒋委员长的天下了呀！""哦，我明白了。"弓一引说，"原来蒋委员长就是国民党的'瓢把子'呀。""别胡说，什么瓢把子木把子的，他是国民党的领袖。你随了我，要吃有吃，要喝有喝，要穿有穿……"

他们正说得起劲，忽然，外面有人来报，说庄前又来一人，看上去是三姐夫胡一仁。弓一引一听，喜出望外："天意，天意也！今天好事全凑到了一块。"忙拉起王二木迎了出去。

亲人相见，既喜且悲。叙了过去，又谈今朝。胡一仁就问王二木："二姐呢？二姐还好吧？"王二木就将刚才对弓一引说的又重叙了一遍，于是，胡一仁就不免又遗憾上一番，说："等我们在小弟这待过之后，就到你府上去看望她才好。"王二木一听，本能地轻呼了一声"啊"，但接着就遮掩过去了，说："好，好极了。"

其实，弓一秀早就不在人世了。当年她与王二木逃出了日军的炮火，王二木便投入了国民党。开始王二木对她还不错，他一边凭着那三寸不烂之舌替国民党高级将领"出谋划策"，一边还常抽空回来与弓一秀温存一番，可渐渐地，他便很少回家了，尤其是他被补进部队，当了连长后，便对她越来越恶劣，有时甚至公开地将日本随军妓女带回家，当着弓一秀的面在一起。这样，连气带怄，不消半年，弓一秀便一病不起，好端端的一个美人儿，很快就成了地下屈死的鬼。当然，这一切，王二木是不会说的，他此番前来，是奉了命的，要他前来劝降弓一引，加入国民党的。本来，进行得非常顺当，可不想，半路上杀出了胡一仁这个程咬金。不过，也好，如能将胡一仁也发展成国民党，岂不又可立上一功，得到更多的奖赏。但他一开始没敢造次，毕竟这么多年没见，也不知胡一仁现在在干什么，所以，王二木没有急于表明，而是在暗暗地观察着胡一仁。

"王团长。"

王二木正在东思西想的，冷不丁听得胡一仁叫了他一声，心中不禁一凛，忙讪笑着说："妹夫，什么团长班长的，别笑话姐夫我了。"

"噢，笑话你？哈哈……"

王二木被胡一仁的笑声笑得浑身发抖，但他还是强作镇静，问："妹夫现在在为谁效命？"

"为谁效命？为老百姓呀，为中国的老百姓！"

弓一引一看不对头，两位姐夫好像有点话不投机，忙打岔，说："两位姐夫，我带你们到山庄内去转一转，也算是拜祭一下亡父的在天之灵吧。"他这一提，两位姐夫这才停下了"斗嘴"。倒是胡一仁，一听此言，眼里不禁涌上了两汪泪水，喃喃地说："可怜老父，死后连个全尸都没能留下来。"说得弓一引也不禁悲从中来，但他很快就控制住了自己的情绪，领着姐夫们，庄前庄后地看了起来。

接下来，一家人都忙着拜亲访友，再没空坐在一起过了。及至下午，各自均言有事，便相继散去。

可是，没过两天，就有消息传来，说王二木在回去的路上，被共产党游击队给"正法"了。至于共产党游击队是如何得知王二木要从那经过，有的说是游击队暗查的，也有的说是共产党的一个高级干部指示的，众说纷纭。

两年多后的1949年，新中国成立后，人们在迎接人民解放军的队伍时，发现那位骑在马上的首长，竟是胡一仁；并且队伍中，还有人认出名震一时的"一引侠"弓一引也在里面，高唱着《义勇军进行曲》昂首挺胸，好不威武呢。

迷案追踪

MI'AN ZHUIZONG

三腿迷案

白日惊魂

"不得了喽，不得了喽——"

"二吊头，青天白日的你嚎什么'不得了'，森森逼人的。"

"真的不得了，"二吊头满头大汗，面色苍白地说，"王三腿死了。"

"嘁，天下人死光了也轮不到他呀。"

"真的，在村头蛤蟆塘里，都飘起来了。"

"这么说，是真的了。"人们便敛了玩笑，向村头跑去。

已有一些人围在了那里。王三腿真的成了"亡"三腿，脸朝下，趴在水面上，随着细细的波纹浅浅地浮沉着。

人们都不说话，表情各异。

这时，村主任何德来了，他看了看，说："拿竹篙来。"有人就颠颠地去了。一会儿，竹篙便拿来了，一丈多长，递到何德手上。何德就喊了声："三腿别怕。"伸过篙去，一下一下将王三腿往边上扒。

靠边了，可是没人敢将他捞上来。

何德就用竹篙挑，想将王三腿翻过身来。哪知一挑，尸首又向塘中飘移。反复几次，终于将王三腿翻了过来。

王三腿一翻过来，吓得何德村主任一屁股坐在了地上。只见王三腿的一张脸全没了，被水泡得白兮兮的。

"报警，快报警。"

"报了，警察马上就到。"有人说。

话音刚落，就有警笛声由远而近地传来。

死者是谁

警察一下车，就端着照相机拍了一阵，然后一位瘦瘦的警察问："死者是谁？"

"王三腿。"何德村主任说。

"是他，王三腿。"二吊头伸着脖子托村主任何德一句。

警察就看了看他俩，不再说话，分头到塘边前瞅瞅后望望去了。然后，两名警察跳入水中，将王三腿抬了上来。又是一阵拍照之后，尸首被抬上车，叫了两声喇叭，开走了。

村主任何德就有点不高兴了，大小他还是个一村之长，发生这么重大的案件，居然问都不问他一声；不问他也罢，连调查走访这么简单的程序都没办，就一"溜"了之！

何德这么一边想着一边背着双手走着，不知不觉就到了家。

可到家一看，何德愣了，两名警察已在他家恭候了。一个个子高点，他认识，是派出所的张所长，另一个就是刚才在塘边见着的那个瘦瘦的警察，不认识。

"你是何德村主任吧。"张所长说。

"是的，是的，"何德就热情地走上前，想伸出手握，可张所长竟没搭理。倒是瘦瘦的警察笑了笑，说："你坐下，我们有几句话问你。"

何德老大不高兴地坐了，心想，隔三岔五就见一面，我何德难道又不认识，你张所长摆什么谱。

仍然是瘦瘦的警察问："何村主任，刚才你在塘边上说死者是王三腿？"

"是呀。"

"你怎么晓得是王三腿？"

"怎么晓得？"何德一下给问住了。"他那样子，村上人都认得呢。"

"可那尸首的脸没了，你凭什么断定他就是王三腿？"

"这……只是凭感觉，凭熟悉，还有他那身衣服，不会错。"

"你这么肯定？"

"一村上的人，还能看走样？"

张所长一直在本子上记着什么，这时抬起头，说："你对王三腿的死有什么看法？"

"被人害死的。"

两人就紧盯着他看。

"王三腿他自己才不会死呢，要死，都要死八辈子了，他作的孽——"

张所长与瘦瘦的警察就对视了一眼。

何德这才回过神来，觉得味不对，就说："你们，该不是在怀疑我吧？"

瘦瘦的警察仍笑了笑，说："我们是例行公事。好了，问完了。"

张所长和瘦瘦的警察就告辞了出来。

再说二吊头，看着警车开走了，觉得很不过瘾，嘛呢，都不够我吓得，于是，一边哼着歌一边往回走。不知什么时候，身边就多了两个人，一左一右将他夹在了当中，其中一个说："我们是公安局的，请你跟我们走一趟。"

二吊头就将脖子一拧，说："扯淡，跟你们走什么趟。"

那两人也不言语，就抓了他胳膊，暗暗一使劲，二吊头就"啊哟"一下不吱声了。

问话的内容与前面瘦瘦的警察差不多，只是二吊头说，王三腿那身衣服恐怕有十多年没洗过，村上人谁不认识，再说，他王三腿好几天没在村上露脸了，不是他还能是别个不成。再就是，二吊头认为王三腿是自杀，谁害他呀，还背个罪名，至于脸的问题，他认为是鱼吃了。

综合各方面材料，看来，死者真的是王三腿了。

三腿来历

王三腿，这是他的绰号，本来他有个很耐听的大名，叫王济世，只是随着"三腿"的叫着，原名反倒陌生了。进村打听个人，问王济世，人们准摇头说没这个人，而要问王三腿，人们马上就会说，他呀，在那，喏，那间矮矮的要倒的房子就是他家，并且，如果不是太忙，那人便会挂了锄头抵在下巴上，谈起《新故事》来，主角自然是王三腿。

说到三腿，可有些来历呢。一是官腿，二是醉腿，三是情腿。单看这"官""醉""情"倒也无伤什么大雅，只是"字"不副"实"，"官"实为"管"，"醉"实为"贼"，"情"实为"勤"。

先说"官"腿。

这名儿好听，可事实是"管"腿。因为村里上面来人，或者他们在哪要开什么"特殊会议"，不知他是从哪来的信息，准会按时出现，反客为主地说上几句恭维话，尝下几道恭维菜，再劝上几杯恭维酒，等他闹息了，在座的兴致全没了，还平添上一把"心火"没处燃。

于是，上面来人渐渐少了，村委干部"活动"渐渐停了。所以，人们就送了他个"官腿"名号。

再说"醉"腿。

王三腿有一癖好，就是喜爱"三只手"，东家丢只扣，西家掉根针，不消说，肯定是王三腿干的。但王三腿干这些之前，有一个固定的套路，即必喝点酒，每当失手，他总是"嘿嘿"地笑着说，"酒喝多了，醉得一塌糊涂，不知干了些什么。"

所以，人们便又喊他"醉腿"了，其实应为"贼腿"，只是"醉"比"贼"要中听。

最后来看"情腿"。

王三腿这一习惯不好，村上谁与谁好上了，谁谁半夜里敲二寡妇家的门，谁谁偷听了三媳妇家的窗，甚至谁家的小子与谁家的姑娘天黑了还在后山坡上的竹林里抱着亲嘴儿，他都能在第二天召开"新闻发布会"。

而王三腿，至今还是光棍一人。他也曾纠缠过一回二寡妇，耍闹过一次三媳妇，但却遭了一顿臭骂，挨了一记耳光。

这样，便有了"情腿"一说。

一撞南墙

围绕王三腿是自杀还是他杀，众辞不一，为了慎重起见，公安局成立了以瘦瘦的警察为组长、张所长为副组长的专案组。案情分析会上，对王三腿的来历，大家摸得一清二楚，于是，决定先从"官腿"入手。

据群众反映，近几天何德村主任有点反常，先前每天他都要在人们面前晃一晃、笑一笑，现在没了，甚至这几天都没人看见他。他上哪了呢？哪也没去，猫在家，喝酒。喝得脸成猪肝色，就叹口气，睡觉。

这是一条重要线索。

瘦瘦的警察派两侦察员下去，果然是事实。

于是，一张无形的网，渐渐向何德撒去。

有人说，前几天何德变得特别客气，见人就笑，大着嗓门问好；有人说，何德从没踏过他家的门，前两天突然进了他家，问他有什么困难；有人说他挑了担柴草上街卖，何德见了，硬是替他担了一肩；有人说这几天何德边喝酒边唱，调子很哀；还有人说，何德以前经常摸二寡妇的门，这些天却不仅不摸，好像还有意躲避，反过来，二寡妇倒是上他的门。

这最后一说，有点蹊跷，瘦瘦的警察决定就从二寡妇开始。

二寡妇一进门，就连呼冤枉。

瘦瘦的警察问她冤枉什么。

二寡妇就说："我没有，真的没有，自从我那死鬼走了后，我一次也没失过身，那些闲言碎语，都是那些嚼舌头的瞎掰的。"

张所长说："不是问你这个。"

"不问这个？"二寡妇停止了呼冤，眨巴着眼，不解地愣着。

张所长就单刀直入，问："最近你老是往何德家去，为什么？是不是你们合谋害死了王三腿？"

二寡妇的脸一下就白了。"咕咚"一声跪在了地上。"这话你张所长可不能瞎讲，要遭天打雷劈的。王三腿是讨厌，可是他的死我可是一点不知情呀。"又转向瘦瘦的警察，"求你们主持公道，查清楚，可是人命关天呵！"

"那你这些天——"瘦瘦的警察顿了一下，"到何村主任家……"

"实话对你们讲了吧。"二寡妇说，"何德村主任没几天活了。"

众人一愣。

原来，何德得了癌症，前几天才查出来，由于那天二寡妇也在医院，正巧见着了。他就告诉二寡妇，草木一秋，人活一世，没什么的，要她无论如何回来保密，不要让别人尤其是他家里人为他担忧。于是，二寡妇念及她男人当年刚走之时，何德村主任对她的照顾，就常去看他；他对王三腿虽恨，但他人性善良，绝不会伤人性命，何况他每天还要去医院化疗呢。

立即有警察去医院核实，结果，确是如此。并且，记录显示，王三腿死前死后，何德都在医院接受治疗，没有作案时间。

"官腿"一线，撞了南墙。

再撞南墙

一路不通，再寻一路。瘦瘦的警察召集警员，要求再从"醉腿"入手侦查。

可是，反馈回来的结果，说王三腿此"腿"虽讨厌，但还达不到"恶"的地步，而且，乡邻们对他此"腿"几近习惯，家里丢了三落了四，到他那破屋一寻，准能发现。发现后，王三腿也好脾性，点着头哈着腰，双手奉上，且嘴里还一个劲地解释说是酒喝多了顺带的。也就是说，王三腿连"偷"字都用不上，虽然人们戏他为"贼腿"，迄今，他偷的最大的东西就是村头李家的一辆儿童玩具车。

于是，最后只好再查他"情腿"了。

说到"情腿"，王三腿的故事倒是不少。那一日，许是酒真的喝多了些，他竟当着好几个二寡妇的老相好的面要与二寡妇亲嘴，惹得那几个相好要揍他，他就红着眼竖着眉地道，你们算老几，兴你们亲她二寡妇，就不兴我亲？那几位就要动手。别急，王三腿说，等我讲完了你们再打。他就说某月某日某时，某某敲二寡妇窗儿下，某某撞二寡妇门儿下，某某搂着二寡妇亲嘴被扇了几下，然后就梗着脖子说，欺负一个寡妇，我王三腿一辈子没碰过女人也不干这事。说完，竟不屑而得意地昂着头去了。

再次就是和三媳妇。那一次他是真的动了情，三媳妇是村上公认的俏女人，挺挺的胸，翘翘的臀，媚媚的眼，狐狐的笑，好惹人的。王三腿常常悄悄地盯着她瞧，甚至有次晚上三媳妇洗澡，他扒着窗户看了个囫囵，虽然隔着窗帘，但他硬是躁得浑身难当，要不是她丈夫在家，不定那日就犯下了傻事呢。

有一次犯傻，王三腿事后想想，怪还是怪三媳妇。晚上天快擦黑时，三媳妇到河边担水，王三腿正好从河里洗浴爬上来，就搭讪着要帮她到深水处打干净水，三媳妇也不推让，就随了王三腿。等王三腿两桶水打上来，要替她担一肩时，她也没拒绝。所以，当他与她中途换肩时，情不自禁地就将手伸了过去。直到"啪"的一声，脸上火辣辣，他还没反应过来，只感觉手上滑腻腻的。

可是，专案组排查来排查去，毫无结果，连可疑之处也没找着，王三腿腿虽勤，但除了上述两例，就再没与人有过明显的"冲突"，倒是村上那些好偷鸡摸狗的被他逼得改了邪，走了正。

案子又一次陷入了僵局。

异峰突起。

专案组会议室里很沉寂，综合来综合去，毫无头绪。最后，还是张所长打破了沉闷："看来，只能定为失足溺水身亡了，排除他杀，解散专案组。"

其他人有的点支烟，有的摁灭烟，说也只能这样了。

　　瘦瘦的警察一直拧着眉不语，等大家说完后，他轻轻地敲了一下桌子，说："凭我多年办案的经验，直觉告诉我，这个案子肯定是个'案子'，但是，却找不到一处疑点，这也是我多年办案所没遇到过的。大家再想想，是不是我们思维狭隘了，还是定势？能不能大胆地来些假设，譬如，王三腿被人闷死后扔进塘里的，或者是被人推下水的，或者，这个人根本就不是王三腿，等等，大家再动动脑筋……"

　　张所长说："我看，就别伤那个神了，大家都说是王三腿，一个村子的人，还能认错？本来这个案立的就有点勉强，现在看来，可以销了。还有更多的事等着我们去办呢，为这一桩不是案子的案子花费精力，做无用功，岂不荒唐！"

　　瘦瘦的警察张了张嘴，想反驳，可是一时又找不到合适的理由来。

　　正在这时，何德村主任气喘吁吁地闯了进来，进门就说："问题复杂了。"

　　人们诧异地望着他，问怎么了。

　　"王三腿回来了。"

　　如平静的水面"咚"的一声扔进了一块砖头，大家立即振奋了起来。

　　"他人现在在哪？"

　　"在他家里。"

　　"走，看看去。"

　　专案组几名成员换上便装，随着何德，叫了辆车，直奔而去。

云遮雾罩

王三腿坐在自家的破屋前，一边听着村民们说他被误认为淹死而正在侦查的故事，一边愤愤地叙述着这几天历险经过，连专案组成员什么时候夹在了当中也没发觉。

那天王三腿喝了点酒，乘着夜色正在偷窥三媳妇房屋里的动静，冷不丁后脑勺被重重地击了一下，只感到一声闷响，就什么也不知道了。等到在骨头缝里都感到寒冷中醒来时，眼前一片漆黑，什么也看不见，只听见有滴水声，一滴一滴，回声悠旷，犹如空谷。刚一再想自己是怎么回事，头就裂开了地疼起来。用手摸摸，四周滑腻。试着坐起来，不想直不了身。定定神，努力辨认，王三腿确定这是一个涵洞。向前望尽，有一线光亮。于是，王三腿就不顾一切地向前爬去。

近了，近了。终于到了洞口，可是，洞口堵了。

挖开，凭王三腿此时的状况，是不可能的了。求生的本能，使王三腿忍着昏沉和寒冷，拼命呼救。

声音越来越哑，越来越小。王三腿不禁悲从中来，想想一生一世，临死都没人晓得，这倒也罢，更可悲的是"死无葬身之地"。

正当王三腿绝望之时，忽然，洞口一下射进了一片光亮，接着，豁然开朗。隐约地看见有人探身进来，问："人在哪？"

王三腿挣尽全身力气喊了一声"在这"就昏了过去。

再次醒来，王三腿已在一农夫家。

原来这农夫只老夫妻两人，自烧自吃，这天老妇正好沿着路坡捡柴，不意听到有人呼救，喊来老伴，两人合力，挖了半天，总算将这个废弃很久的涵洞挖开了，从而使王三腿得以得救。

王三腿在农夫家里经村上医士悉心治疗，很快便复了原。

他想报案，可是转而一想，自己做的也是见不了光亮的事，恐怕是哪个被他坏了与三媳妇好事的人干的，自认晦气作罢。

专案组听了王三腿的叙述，不动声色，又悄悄撤回，认为既然事从三媳妇引起，那就从三媳妇入手查起。

三媳妇一进专案组设在村部的临时办公室，就大呼："青天在上，我一个妇道人家，可什么也不知道呀。"

张所长就厉声说："少来。坐好了，我问你，村头蛤蟆塘里死掉的人，你认不认得？"

三媳妇就连摇头带摆手地一迭声说不知道。

再问，三媳妇无非交代了一些相好的和不相好的熄了灯后的那桩子事，与案情似乎有点风马牛不相及。

案子再次搁浅。

蛛丝马迹

但三媳妇不经意的一句话，后来被瘦瘦的警察想了起来。

那天再问三媳妇，三媳妇交代了一些相好的，提到了一个年轻的男子，名叫三疤的，在他结婚的晚上不与新娘亲热，却跑来和她偷情，不久便到南方打工去了。

瘦瘦的警察想到这里，猛地拍了一下大腿，叫上一名警员，立马对三疤进行调查。

可是，据群众反映，三疤人挺好，小伙子既老实又肯干，整天闷声不响，除了早些时候曾犯过一次傻，与人偷盗被拘留了三天。只是他老婆金莲倒是朵出水芙蓉，既白净又风姿，他们成亲，是张所长做的媒，听说她还是张所长家的亲戚呢。

瘦瘦的警察就纳闷，按说，三疤这么个老实疙瘩，娶上这么个美貌仙娇，且又是张所长为媒，怎么会新婚宴尔之际，放着仙果不尝，却去找三媳妇？

瘦瘦的警察决定与金莲短兵相接一次。

见到警察，金莲一愣，眼里闪过一丝不安，但很快便镇静了下来，说警察上她家，是不是三疤在外出了什么事？

"依你看他会出什么事？"瘦瘦的警察微笑着不动声色地问。

"真的出了事？"金莲一副惊恐地问，"他——死了？"

瘦瘦的警察就问："三疤什么时候走的？"

"半个月前。"金莲说。

"记的不错？"

"不会错，"金莲肯定地说，"走了两天就在蛤蟆塘里发现了那个王三腿的死尸，所以我记得清楚。"

瘦瘦的警察就问："你知道他在哪里打工？"

"不知道。"金莲说，"他只告诉我他在南方打工。他到底怎么了，真的死了？"

"没有。"瘦瘦的警察说，"我们不是为他来的。"

"不为他？为谁？是我？"金莲有点慌乱地问。

瘦瘦的警察没有回答，只是盯着她看。

金莲就低了头，然后突然抬起头，大声地说："你们到我家到底想干什么？"

直觉告诉瘦瘦的警察，这个女人有问题。但是什么问题呢？又会是什么问题呢？难道蛤蟆塘案是她？瘦瘦的大脑就急速地旋转起来。她为什么不问三疤是不是别的意外？如车祸、嫖娼、闹事等，而一口只问是不是死了，且似乎很"希望"又很"不愿"他死似的。于是瘦瘦的警察避开金莲的责问，说："三疤走后没跟你联系过？"

"联系呀。"

"怎么联系，写信？"

"不，打电话；没两天半夜里还打过给我呢。"

瘦瘦的警察就注意到她家并没有安装电话。

"你用手机？"

"啊，不……哦，是的。"金莲含混地应道。

"手机号码多少？"

金莲就顿了一下，但还是小声地报出了。

接下来，瘦瘦的警察说了几句诸如谢谢你的配合，但这几天不要出门，随时接受我们的调查等常规套话，就让她回了。

前面金莲一离开，这边瘦瘦的警察便立即行动。

峰回路转

几乎没费力气，瘦瘦的警察就从电信部门查到了金莲说的号码，可是，让他吃惊的，这号码显示，手机是张所长的。

张所长的手机怎么会在金莲手上？瘦瘦的警察想，他们是什么亲戚关系？按说张所长将金莲介绍给三疤，三疤应该感激不尽才是，可村民们为什么说三疤好像很恨张所长？再加上前面三媳妇说的新婚之夜三疤竟放着洞房不入却去偷她。看来，这里面肯定另有一番隐情。

但从何处突破？

找到关键人物——三疤。

瘦瘦的警察喊来一名警员，交代一番，警员就立正答道："是，保证完成任务。"

可是，五天后，警员疲惫且沮丧地回来报告，说找不到三疤。据跟他一起外出打工的村上人说，三疤回去后就一直没再来过。

三疤失踪了。

那么，三疤会去哪里？难道……

瘦瘦的警察念头越来越清晰，所有迹象表明，金莲有重大嫌疑。他决定，秘密传讯金莲。之所以"秘密"，是因为涉及专案组副组长张所长。

这次金莲一进来，看见瘦瘦的警察严厉的脸色，额上的汗便"滋"地一下冒了出来。

没几个回合，金莲就"扑通"一声跪下了，说是她害死了三疤。她说，她乘三疤喝醉了酒，将她在水缸里闷死后，扔到了蛤蟆塘。但她在交代是怎样将三疤死尸扔进虹蟆塘时，反反复复叙述不清。

瘦瘦的警察看看时机已到，冷不防厉声问道："你和张所长是什么关系？"

金莲惊得一下张了嘴，半天没回过神。但她还是连她自己都不相信地辩白说她们是亲戚，说这是村上尽人皆知的。可在瘦瘦的警察环环追问下，回答漏洞百出，最后，她不得不低下头，供出了事实真相。

迷案剖译

原来，金莲有个哥哥，还是在她18岁那年，一天财迷心窍，竟和几个人合伙抢劫，被抓了起来。当时，张所长还没当所长，只是一个警员，由于是同村，家里人就求上了他，希望能够免于起诉。当第三次金莲一个人来求他时，他便赤裸裸地提出了救她哥哥可以，但她要答应他做他的情人。金莲就满面绽红。张所长见状，便上前连强带哄地得了手。事后，张所长也没食言，"上下活动"，居然真的将她哥哥给"放"了出来（其实，她哥哥只是偶尔参与了这个团伙作了一案，且还只是一个望风的，本来拘留后就要放出来）。于是，不知是出于感激，还是传统观念，抑或是日久生情，金莲就真的成了张所长的地下"小蜜"。在她22岁那年嫁给三疤，也是出于这种心态。

本来三疤是无福消受金莲的，但那次拘留给了他一个契机。与他一道偷盗的，有一名外地的打工仔，抓进去后，死不承认。张所长一时怒起，劈头盖脸地严刑拷打起来，待他打得累了，才发觉那打工仔已没了气息。出了人命，可不是小事，为了掩饰自己的过失，张所长将其伪装成从楼上自坠而亡的假象，逃脱了责任。事实真相三疤当然一清二楚，为了封住他的嘴，张所长答应除了立即放了他之外，还赔偿他一笔钱，并负责给他介绍一位姑娘成亲，分文彩礼不收。三疤想了想，反正那个打工仔是外地的，与他又不十分熟识，就答应了。

起初金莲不肯，但在张所长软硬兼施下，最终还是同意了。与三疤成亲那晚，酒宴散后，张所长作为娘家亲戚列为送亲要告辞时，金莲一时情不能已，悄悄地将他拉在一隅，拥吻不放。

这一幕，恰被三疤不经意地发现了，气得他肝火烧得心痛，可又苦于无法发泄，一时情郁于衷，就撇了新娘，找上了三媳妇。

此后，张所长时常与金莲重温一下旧梦，三疤虽然恨得牙碎，但一方面他一次也没撞见过，另一方面那个打工仔的惨剧叫他对张所长不能不惧，因此，只好火烧乌龟——肚里疼。但这次，正好被他堵个正着。见这对狗男女竟青天白日在他家里一丝不挂地翻云覆雨，顿时恶向胆边生，绰起一根扁担，就要棒打野鸳。哪知那张所长毕竟是科班，光着身跳起来夺过扁担顺势一捣，三疤就倒在了地上。张所长仍不解气，上前狠狠地又踹了两脚。待金莲穿好衣物过来伸手一摸，三疤却已气绝身亡。

冷静下来后，两人才感到后怕，但为时已晚。怎么办？商议的结果，是待天黑后，将尸体转到村外，然后张所长再用警车将尸体运走，扔进一个废弃多年的涵洞。

很快天黑下来了。好不容易等到人静，张所长与金莲将三疤扛了，要人不知鬼不觉地移尸村外。可是，他们出门还没走上几步，就见一个人影一闪，躲进了小竹林。张所长心里咯噔一下：被人发现了。干脆一不做二不休，杀人灭口。于是，他将三疤放了，要金莲拖回，自己则悄悄地也潜进小竹林。

王三腿一心只顾鬼鬼祟祟地窥视三媳妇，没注意到危险正如网般向他罩来。因此，当张所长的木棍落在他头上时，他哼都没来得及哼一声就倒下了。

一具尸体现在变成了两具，怎么处理？金莲就有点发抖。张所长强作镇定地说，别没出息，拿刀来，肢解了分运出去。

拿来了刀，剥光了两尸的衣服，可当举刀时，张所长手也不自觉地颤了起来，毕竟王三腿没死，身上还热着。于是，他扔了刀，说还是转出去吧。可金莲搬不动，因此两人又动手，找出了一副平板车，将两具尸体重又套上衣服（不想穿错了，将王三腿的穿在了三疤身上，而将三疤的穿在了王三腿身上），放了上去，由金莲在前探路，张所长推着。

由于只是一副板车，尸体担在横轴上面，因此三疤的上身就拖在了地上，从而脸被擦得稀烂。好不容易来到村头，张所长已是累得大气直喘。于是，索性将那拖在地上的尸体一下掀进了蛤蟆塘。然后，由金莲推回板车，自己则将另一具尸体扛出村装上车，扔到了涵洞。

于是，便出现了这宗"三腿迷案"。

尾声

接下来的故事，实际上不讲，也明了——

罪有应得的自有下场，无须多述。何德村主任躺在病床上听到真相后，想说句什么，结果，硬是没能说出来，猛咳几声，一口气没缓过来，竟归了西。有人说是给气的，有人说是给兴的。

二吊头仍旧拧着个脖子哼着歌。

倒是王三腿，活过"一世"后，立志重新做人，不久，盖了新房，还在村民会上被选为了小组长；并在热心人的撮合下，与二寡妇抱脚成了亲；兴得他每晚端着个酒杯笑眯眯地喝上一两杯，但从不过量，真正地成了"官腿""情腿"和"醉腿"。

醉案

　　酒真是好东西，譬如，现在走在路上的李峰之，深一脚浅一脚，犹如踩着白云，驾着岚雾，一切俗欲尘事，统统被酒给"精"减了。

　　李峰之想唱歌，可是，舌头有点不太听使唤。他就改骂人，骂天骂地骂单位领导，反正，平日里想骂而没骂出口的，现在，他都可以口遂心愿地骂——因为，他骂出来的醉话，谁也听不懂。

　　正骂得起劲着呢，不想，脚下一个磕绊，"咕咚"一声，一句刚骂了半截的话还没落地，自己却倒地上了。

　　"谁抱老子腿？找死呀！"

　　别以为李峰之是酒喝多了，他这下说的一点没错。这不，地上躺着一个人，一个大活人，听了李峰之的"找死"，竟接腔道："我正是找死啊。"

　　"找死你死去啊，抱我腿干啥？"李峰之边歪歪斜斜地翻身坐起来，边说着。

“可是我死不了。”

“笑话，找死还有死不了的？”

“你能帮我吗？”

直到这时，李峰之才不禁打了一个愣，想：还真有人找死啊，好玩。这前半句倒还不错；坏就坏在后半句两个字，他竟认为是“好玩”。于是，便问：“我怎么帮你？”

“将我拖到立交桥上，往下一掀，就成了。”

要说李峰之酒喝多了，却还很清醒，因为，他还会说：“那可不行，人家会说你是我推下去的。”

“那你就把我拖到州市河去。”

州市河是一条横贯市中心的河流。

“还是不行，”李峰之说，“州市河离这远着呢。”

“不远，就在前面。”地上的人边说边用手指了指前边。

“喊，既然不远，那你自己不晓得去呀？”

李峰之边说着边摇摇晃晃地站了起来，准备抬脚走人。

这下，躺在地上的人不答应了，愤愤地说：“你没本事你就走。”

估计躺在地上的人原话是想说“你有本事你就走”，谁知鬼使神差，竟说成了这句。

“谁说老子没本事？”李峰之晃了晃身子瞪着地下的人说。

“我说你没本事。有本事，你将老子拖到州市河去呀。”

“拖就拖，谁怕谁啊。”

说完，李峰之真的弯下身来，一把抓了地下人的胳膊就要拖。但李峰之毕竟是醉了酒，一屏气一使劲，“扑通”一声，就跌坐在了地上。

"哈哈，我说你没本事吧……"

李峰之一听地上人的话，火"腾"地一下就冒了上来；也不搭理，一手抓了他的衣服，一手撑着地，也不说话，像匍匐前进一般，拖着人向前一步一步地挨着。

还别说，尽管那么一步一步地挨着，但没用多长时间，李峰之就将那个躺在地上的人给拖到了州市河边。

望着在月色下闪着冷光的河水，李峰之"胜利"地拍了拍手，爬起来，不无兴奋地说："呵呵，我没本事？你看看，这是什么？这是州市河！"

说完，也不管躺在地上的人说不说话，转身趔趔趄趄地就想往回走。

可是走了不到三百米，"咕咚"一声倒地上，睡着了——本来酒就喝多了，再加上刚才这么一折腾，此时，酒劲一涌就上来了。

李峰之睡得正香着呢，却不想被人给推醒了。醒了的李峰之本能地想抬手来揉眼睛。可是，抬了两抬竟没够着眼。一看，腕上却不知何时已戴上了一副手铐，惊得他一骨碌就坐正了身子——这下，酒真是醒了——睁着一双诧异的眼，望着立在面前的警察。

"看什么看？"一名警察狠狠地瞪了他一眼，"带走！"

这时，清醒了的李峰之舌头也不打弯了，张口道："你们——你们凭什么抓我？难道酒喝醉了也犯法……"

"哼，酒喝醉了不犯法，可是害人性命，你说犯不犯法？"

"害人性命？"李峰之眨巴眨巴眼，不解地问，"谁害人性命了？"

　　"你说是谁呢。不是你，我们能铐你？走！"

　　直到这时，李峰之还是想不起来他何时曾害过人性命，满脸疑惑地被警察推着往前走。当见到前面一圈人围在那，借着灯光，一个水淋淋的尸体直挺挺地躺在地上，旁边一个妇女正在那哭叫着，他还是莫名其妙。直到警察在他后背上狠狠地捅了一下，说"你干的好事"，他这才忽然隐约想起他曾拖过一个人来到过河边。

　　"难不成，他真的找了死？"李峰之在被推上警车时，还这么犹疑地想。

　　事情就是这么巧，那男的真的是找了死。

　　这个男的也是个酒鬼，成天喝得醉生梦死的，妻子来香下岗，孩子连作业簿都没钱买了他也不管，只要有一元钱，他也要拿去喝。昨天晚上又是喝得东西不辨地回去，来香一时气不能已，还没等他将放在桌上的一杯水喝完，就将他一把推出了门外，说了声"你死去吧"就"砰"地将门关了。醉意中，眼前就朦朦胧胧地出现了家里的境况——他不是不愿管，而实在是无能为力啊。你想，一个大男人，谁不想将自己的老婆打扮得光鲜靓丽，将儿女侍候成当代小皇帝？可是，他又有什么办法？抢，没那胆量；偷，没那本事；找份工作吧，不是这个呵斥就是那个给白眼。呵呵，还是酒好，一醉解千愁啊。本已"情郁于衷"无处排遣的他，现在经妻子这么一"点拨"，再加上醉酒本身就是半个神经病，还就真的想到了死。可是，酒劲上来后，他想死也挪不动腿了，只好躺地下这么想着。恰巧遇上了也是醉酒的李峰之，于是，便出现了将他拖到州市河边的一幕。李峰之前脚走，他后面一个滚翻，就落进了河里。

　　本来落进河里淹死也就淹死算了，然而凑巧的是，正好被一个无家可归正在寻吃的乞丐给看见了，于是，他就在电话亭上，给报了警。

　　鉴于李峰之明知他人寻死，不仅不劝阻，反而还助其"一臂之力"，已属犯罪，被判了六年有期徒刑。

　　但故事到此并没有结束。

　　六年之后，当李峰之走出监狱大门，前来迎接他的，不是他的亲戚，也不是已在服刑期间与他离了婚的前妻，而是那个死鬼已长成小伙子的十七岁儿子。

　　小伙子在自我介绍之后，一口一个"叔"地从李峰之手里接过行李（其实不过是几件换洗衣物而已），将他领到一辆出租车上，开到一家洗浴中心，与他一起洗了个澡。说是为他洗去狱中的晦气。然后，又领他去了一家小排档，要了几份菜，还要了一瓶酒。本来李峰之发誓再也不沾酒了，但经不住小伙子的劝说，还是端起了杯。在杯来盏往中，李峰之得知小伙子名叫方治才，今年已读高二。当然，他们也谈到了小伙子的妈妈，那个死鬼的妻子来香。只是，小伙子不知是有意还是无意，总是回避了过去。李峰之见他不愿意提及，也就没再多追问；想现在出来了，将来有的是时间。

　　不知是久未喝酒，还是这酒的烈度太大，不知不觉，李峰之竟喝得晕乎起来，迷糊中，只感到方治才将他搀扶着走出了店门，又上了一辆出租车。

　　也不知行驶了多长时间，懵懵懂懂中李峰之又被搀扶着进了一间房，好像还是刚完工的，窗户都还没有安装玻璃，门也还是白坯子没漆，当然，地面也没铺地板砖之类，因为，在方治才一松手他倒下去时，地下毛糙得硌身子。

李峰之努力地想睁开眼看看这是哪里，可是，眼皮却似千斤，怎么也睁不开。直到突然听到一声几乎是歇斯底里的惊叫"倏"地睁开眼时，冷汗"滋"一下就湿了整个后脊。

怎么了？

只见一位妇女正紧紧地抱着方治才的手臂，而方治才的那只被抱着的手里，正握着一把菜刀。他一边瞪着一双血红的双眼挣着，一边带着哭音吼道："妈，你放开，今天非要他偿还我父亲的命不可。"

妈呀，敢情这小伙子是为他父亲报仇来了啊。

可是，李峰之刚想站起来，不想，目一眩，又一头栽到了地上，晕了过去。

李峰之本以为自己是被吓晕过去的，可是，醒过来后，他才知道，方治才在他们用餐时就乘他不备在酒里下了药；所幸，那药不是剧毒，否则，不用方治才刀劈，他也早就没命了。

那么，来香又是怎么这么巧地及时赶到，夺下了方治才手里的刀呢？

原来这几天，来香发觉方治才总是痴痴呆呆一副心事重重的样子，本以为他是在为学习上的事而伤脑费神，没承想，今天一大早方治才就在房间里坐卧不宁，一会看一下钟一会望一下表的，之后不声不响地出了门。来香就感到很纳闷；正好方治才的日记本扔在桌上，她顺手就打了开来。这才知道，李峰之刑期已满，就要出狱，方治才要为父报仇。慌得来香连忙一路追到监狱。可当她赶到监狱大门口时，方治才与李峰之已离开了。万幸，警惕性很高的门卫警察记住了李峰之他们上的车牌号码。于是，来香又一路追回市里，找到了那辆车，接着又找到了那家排档，最后，终于在那千钧一发之际及时赶到，从儿子手里夺下了刀。

然而，红了眼的方治才怎么也不听来香的劝告，非得要报仇不可；来香望着满眼含恨的方治才，突然往他面前一跪，说："好吧，你真的要报仇，那就报吧——我才是杀你父亲的凶手。"

"妈——"

"我是你妈不假，但我也是你的杀父仇人。"

接着，来香说出了一个让方治才瞠目结舌的"真相"来。

原来，丈夫早已得了不治之症，病痛折磨得他不得不靠酒精来麻醉自己。但这一切他都瞒着，来香一点也不知道。出事那天，来香见他又去喝酒，想想这日子没法过下去了，就一时鬼迷心窍，将平日里攒下的那些药丸全部碾碎放进杯里，用水搅匀——她听医生说过，这些药过了剂量就有毒。当然，她更知道丈夫每醉回来都是要喝水的。然而，当丈夫捧起碗喝时，她忽然一个激灵：我这是犯的哪门子傻啊！于是，慌乱地伸手"啪"地打掉了他手里的碗，骂着将他推了出去。

方治才听完来香的诉说，愣了半天，突然似乎意识到什么，一弯身抱起李峰之，说："妈，赶快上医院，我也给他吃了药。"

就这样，李峰之又被送到了医院。

所幸，又是所幸，方治才说的所谓药，只不过是安眠宁而已，且剂量也不大，所以，李峰之在昏睡了几个小时后，就醒了过来。

但方治才涉嫌"下毒"，被警察带走了。

最后怎么处理方治才的，就这个故事来说，已不重要了。不过，需要交代的是，方治才一年后顺利考取了省城一所著名的大学；来香呢，也有了一个归宿。至于来香的那个男人，嘿嘿，不说，也能猜得到——

不错，是李峰之。

惊魂情缘

二夯实以为这回做了一桩好事，却不料不仅让女儿琴琴产生了误会，还差点儿犯了一个大错误。

那天晚上，二夯再次望了一眼黑漆漆的土马路，仍没有一个人影，就估摸今晚女儿不回来了，于是，便插上了门。

可是，二夯跑到房里刚将电视开关打开，遥控器还抓在手上，外面却传来了"笃笃笃"的敲门声。二夯忙应了声"来了"，就一手抓着遥控器地奔到堂屋，拔开了门：他以为女儿回来了呢。然而，门开处，站着的，却是一个不认识的女子，约有二十七八岁，手里拎着个拎包，一脸的疲惫；见了二夯，勉强地笑了一下，说："大叔，我是过路的，这天黑了，行个方便，借个宿，好吗？"好是好，可二夯却有点为难，为哪桩？因为他妻子前几年过世了；女儿师范毕业后在镇上教书，村里为了照顾他，就叫他守在这荒野田地里的配电房看电，本来他一下晚便要关门拱上床，偎着个被子看电视，只是女儿捎过话，讲今天来，所以他落到现在不仅没睡，还一听见敲门声就忙慌慌地打开；再说，他毕竟还不算是太老，这要是让她进来借宿，一男一女，传出去，好受用？见二夯犹犹豫豫。那女子抬手掠了一下头发，回首看了看黑咕隆咚的夜，又看向二夯："我只要有一个地方将就一晚就行了，不会妨碍你的。"二夯还是没吱声，女子便又说："您看，这漆黑的，让我一个女人在外瞎转，大叔您也不放心，是吧？"不知怎么的，二夯被她这一说，就想到了自己的女儿，这女子看上去，也不过女儿琴琴般年纪。罢罢罢，把她当女儿看得了。于是，他干咳了一声，笑着说："那你就请进吧。"说完，伸手来接女子手里的拎包，可那女子却让了一下，说："我自己能行。"二夯就缩了手，待女子进屋后，关好门，然后转过身边问了声："还没吃吧？"边倒了杯水递过去。女子也不客气，接过水一饮而尽，然后抹了下嘴，说："如果有吃的，随便给弄点，我付钱。"二夯听了后面三个字有点刺耳：吃点小菜饭，至于什么钱不钱的吗？便没作声，转身进了厨间。不一会儿，端上了两样小菜，一碟荤菜，还有一碗米饭。这些，他原本是为女儿备着的，没想到，这倒是派上了用场。女子似乎很饿，直到吃完了第三碗，这才停下了筷子，十分不好意思地望了一眼二夯，笑着解释说："跑了不少路，中午又吃得少，让您笑话了。"二夯就慈祥地笑着说："吃饱算数，饿了当然要吃饭，没什么笑话不笑话的。"说完，与女子一道，将碗筷收了洗了；女子似乎也回过劲来了，于是，她这才叙述起自己的名姓和因为什么事情搞得这么迟而不得不借宿。

原来，女子姓李，叫梅枝，住在宛新镇，一家三口本来快快乐乐地过着日子，不曾想，丈夫打前年嗜上了赌，不仅将整个"家业"赌得卖的卖了，当的当了，前几天竟然还将她当作赌注押上了桌，以每陪一晚两千元为注，谁赢了，就让谁睡。为此，她忍无可忍，拣了一点换洗衣物，只得离家出走。流浪了两天后，她想起了一个远房亲戚住在赵村，至于赵村的具体位置，她记不真切了，那还是很小的时候来过一次，只记得在这一带，因而找来找去，转去转来，这亲戚没找见，却转上了二夯的门。

二夯听过李梅枝的叙述，打心眼里对她十二分的同情，不自禁地对她的男人骂了一声"畜生！"两人接下来又说了一些七七八八，二夯便让李梅枝睡到他本来为女儿隔成的小房间。

一宿无话。

谁知第二天早晨，二夯刚将做好的早餐端上桌，与李梅枝对面坐了，正要吃，女儿琴琴进来了。一句"爸"字刚落音，却发现二夯对面坐一女子，琴琴便在一瞬的诧异后，忙笑了，问："这位是……"她这一问，二夯却一下被问住了，这是谁呢？怎么给女儿介绍呢？硬是紧张得绽红了脸。琴琴见他那副模样，似乎一下明白了，以为是二夯找的老伴或相好的呢。只是感到她太年轻了点。倒是李梅枝不惊不慌地站起身，边接琴琴手中的物什，边笑着说："琴琴吧，你爸昨晚一直等候你呢。我叫李梅枝，过路借宿的。"经她这一说，二夯似醒过神来，也忙说："昨晚等你没等上，正巧她来借宿。"琴琴就冲他诡黠地笑了一下；二夯心里就骂上一声"鬼丫头，想哪去了呢。"但嘴上却话题一转："你怎么这一大清早来了？"琴琴一听，不禁又是一笑："怎么啦，嫌我来得不是时候呀？"一下说得二夯和李梅枝脸都不禁一红。接着琴琴便解释说，她本来是昨晚到的，哪知车子在路上出了故障抛了锚，到站时，已经擦黑了，正巧遇上个同学热情地留她，于是，昨晚她便歇在了前村，一早这才赶了过来。说话间，二夯已添上了碗筷；于是三人便一边吃一边说上一些零零碎碎的话。

吃过早饭，抹好桌子，李梅枝提出她要再去找赵村的那个远房亲戚，只是，她指着那个沉沉的大拎包对二夯父女说，这包太重，拎着它跑东跑西实在是既不方便又累人，她想先寄存在二夯这，等找到了亲戚，第二天再来取。二夯当然一口答应了，心想一个女子走这么多路，就够受的了，还要拎着个这么大的拎包，怎难呢。李梅枝得到二夯的同意后，便将包塞进了床下。然后便告别二夯父女，走了。

前面李梅枝一走，后面琴琴便冲她父亲二夯坏笑道："爸，你给我找的这个后妈年纪是不是太轻了点？""你说什么呢？不是告诉过你，人家是过路借宿的吗。你爸可没这个福分呢。"呵，听二夯这口气，他还真希望李梅枝能做琴琴的后娘呢。"下次她来了，干脆，就让她回去与她那个赌鬼丈夫离了，我做媒，让她进我们家得了。"琴琴边帮着拾掇屋子，边戏笑着二夯。说得二夯骂不是不骂也不是，咧着个嘴直摇头。

父女俩说说笑笑一番后，二夯便去了菜园子，摆弄那几畦地去了；琴琴则把屋子拾掇好，又打上一大盆子水，将该洗的都洗了。一上午，眨眼工夫就到了十点。二夯从菜地里回来了，琴琴将洗的涮的也晾好了。父女这便忙着烧午饭，吃过午饭，琴琴还要赶回镇上学校呢。

可是，正当父女俩忙得不亦乐乎时，门口却突然冒出了几个警察——这就已经够二夯父女吃惊的了。可是再一看，警察还押着一个人，而那个人不是别人，正是李梅枝。

"这，这……"二夯一时竟瞪着眼说不上一句话来。倒是琴琴要比他冷静得多，居然还笑了一下，问警察道："警察同志，找我们有事吗？"她这一说话，二夯似乎才醒了，跟着问道："李梅枝她怎么了？你们不去抓她那个赌鬼丈夫，却抓她作甚？"

其中一个警察就说："你说她叫什么？""李梅枝呀。"二夯不解地望着他。于是，那名警察便转向李梅枝："哟，还真有你的。李梅枝，这名字倒蛮有诗意的嘛。"李梅枝就越发地低了头；但二夯看得真切，她是咬着唇的。然后警察又转向二夯："什么'里'梅枝'外'梅枝的，她的真名叫王璨。是跨省作案特大抢劫团伙成员之一。""啊！"二夯父女不禁惊得互相望了一眼。二夯惊讶着道："不会搞错吧？""怎么会错！"这时，另一名警察已从屋子里的床下拖出了那个拎包，当着二夯的面"嘶"地一下拉开拉链，将面上的一件衬衫扯出来后，露在人们眼前的，竟全是一沓沓百元大钞。"这下相信不是错了吧？"警察又"滋"的一声拉上了拉链。然后对二夯父女进行了一番诸如提高防范觉悟，增强法制观念等的教育。而这一切，二夯却全然一个字都没听进去。他只是在心头一直地问着："这么好的一个女子，怎么竟是一个罪犯呢？"直到警察押着王璨带着赃物离开了良久，他才朝地上狠狠地吐了一口唾沫，对琴琴又像是对自己打趣道："喊，幸亏你老爸还有点'原则性'，否则的话，按我女儿想的那样，那可就要'同流合污'了喽。"琴琴也不好意思起来，笑了一下后，纳闷地说："她怎么就正好找上这来借宿呢？"

　　原来，这跨省作案团伙最近被警察盯得非常紧，缉捕的缉捕了，没被捕住的，便分散逃了。王璨便携着抢的这一包赃款，隐姓埋名逃到了这里。她知道，城里现在不能待，那网上追捕可不是说着玩儿的，连你几根毛发都一清二楚着呢；而这乡下，地偏人少，躲藏个十天半月的，应该不会犯事。于是，才会出现昨晚借宿一幕。今天早上由于二夯父女的老实，再加上琴琴的误会，她觉得将赃款放在二夯这比放在哪都安全，于是便泰然地说了那番寄存的话后，一身轻松地去镇上打探风声。哪知她刚一露头，就被早已追捕而来的警察逮个正着。

　　二夯听琴琴这么一问，昨晚的情景又历历在目，尤其是李梅枝叙述她那赌鬼丈夫一节，怎么想怎么都不像是杜撰的。于是，便轻轻地叹了一口气，闷下头择起菜来。

　　十年后，村上来了一个中年妇女，向人们打听原来那个看电房的人住在哪，还是否仍然独身。人们便问她叫什么名，找他有甚事。她便说她叫李梅枝，来找他，一是感激他当年的那一餐款待，二是想做他的婆姨。于是，便又引出了二夯再婚的故事。这是后话，按下不表。

逃犯

  王小春根本没有想到自己会成为杀人犯，并且杀了人还要落荒而逃，逃了还要装疯卖傻，而装疯卖傻到头来，却竟是一场阴错阳差。

  那天王小春与新婚不久的妻子在岳丈家吃过晚饭，本来径直回家也就没事了，可少夫小妻的，却要"罗曼蒂克"一回，在街上东逛西逛，一逛就逛到了深夜，两人这才往回走，边走还边互相偎着亲亲热热地边削边啃着同一个苹果。眼看离家不远了，一个苹果也啃得差不多了，正当他们将头凑在一起准备咬最后一口时，突然，一个低沉的声音如魔鬼般地在他们身后响起："别动，抢劫；哥们劫财不劫色，赶快掏钱。"与此同时，他们感到后背被一个硬硬的东西给顶住了。"不好，遇劫匪了。"他们第一个反应便是想跑，可是，两腿却不听话，不仅迈不动，反而还打起了哆嗦；况且，人家用"家伙"正顶着呢，不知是枪还是刀，往哪跑。王小春看看妻子，妻子早已吓得满脸煞白，手足无措，正用一双求救的眼睛望着他。就这一望，突然的，王小春不知怎么就想到了恋爱时两人的缠绵，什么"爱你一生，护你一世"的那些个情话，于是，王小春的男子汉血性，一下被点燃了。他一面努力控制住激动，假装害怕地说："哥们，有话好说，把东西拿开好吗？"一面却突然一个转身，没等劫匪的一句"少说废话"说到"废"字，便将手上刚才削苹果的刀一下攮进了他的胸部。劫匪连哼都没来得及哼一声，"咕咚"一声，就倒下了。王小春毕竟不是歹人，哪见过这情形，当下拔腿就要逃；可是他妻子却非常冷静，上前一把拉住了他，说："人命案呢，得想办法将现场破坏掉。"于是，他们便战战兢兢地走到死者跟前。一看，被杀的人，浑身脏兮兮的，像个乞丐。再一看，他们怔住了，原来不是什么乞丐，而是每天都在这一带疯疯癫癫又是唱又是跳的神经病。看来，是他们误将这疯子的"疯闹"当成"劫匪"给杀了。怎么办？本该马上报警呀，可是，他们却犯下了一个"聪明反被聪明误"的错误，认为一个疯子，反正又没人认识，于是，他们便想移尸灭迹。可正当他们弯身弓背地抬着死者没走几步，突然，远处灯光一闪，一辆汽车正向这边驶来，吓得他们"咕咚"又是一声，将尸体扔了，撒腿便往家跑。

回到家，插上门，两人靠在门上捂着胸口喘息了半天，才好不容易将气给喘匀了。可是，随着气的喘匀，一种从来没有过的恐惧感竟如蛇般爬上了心尖。杀了人，人命关天，是要偿命的，于是，他们你望望我我望望你，一时都没了主意。良久，两人几乎是不约而同地突然一个奔向衣柜，拣起换洗的衣物；一个奔向桌柜，揣上所有的现金。做这一切时，两人均没言语，一句不说，达到了空前的默契。直到拣好揣好，两人这才对视一眼，似乎果断地说了一声："逃！"

不知是老天跟他们作对呢，还是他们在劫难逃，今天坐车的人特别多，好不容易买好票进了站爬上车，王小春一回头，不知什么时候，妻子却不见了。任他从这节车厢找到那节车厢，就是不见她的踪影。最后精疲力竭，他只得选一空着的过道，一屁股坐了下去，任列车将他"哐唧"到任何一个地方。

迷迷糊糊中，车停了，并且广播里再次广播说终点站到了，王小春这才一个激灵醒来，赶紧随着人流下了车。这是一座南方城市，看上去，比他所在的那个城市大不了多少，但比它繁华、拥挤，绿化也很好。王小春人生地不熟地一个人在街上踽踽着，不知要前往哪里，直到肚子感到饿了，他才感到，生存、想办法活命，是他目前唯一的需要。否则，逃出来干什么，逃出来不就是要保住小命吗？可是，要想保住小命，首先就得不至于挨饿，而要不至于挨饿，首先就得要有钱，而要有钱，首先就得要工作，只有有了工作，才能挣到钱，才能买到食物。于是，在街上买了几个烧饼充了一下饥后，他便开始着手搜寻大街小巷张贴的各种招聘广告。然后依据广告上的地址，一一前去面试。当然，对这些面试的单位，他是有选择的，正规的，他是不敢去的。几进几出，别说，王小春还真的谋到了一份差事，这差事广告上写的是某文化中心"清洁工"，其实呢，是一家"地下"娱乐城，他干的所谓"清洁"工作，便是将那些卖淫嫖娼者男欢女爱后的秽物给擦洗干净。这份差事虽然不累，但一般人都不愿意干，甚至有的人见了就呕吐，所以，算是给他谋到了。起始，他也如别人一样，捂着鼻子不算，恨不得也捂了眼睛才好，可一想到自己的"处境"，能混个肚儿圆就谢天谢地了，还讲究个什么呢？但稍稍冷静后，王小春就想，这显然是家"黑"店，见不得光的，总有一天会被警察端了，而一旦端了，他还不被查，而他一被查？那还什么不都被查出了。于是，勉勉强强地干完一个月，领了工钱，他便不声不响地溜了。

溜出来的王小春，一没身份证，二呢，不正规的单位，他不想去，正规的单位，他又不能去，因此，他一时竟没了主意。没了主意的他，便在街上犹如乞丐一般地东游西荡。一日，他正蹲在一堵墙下歇着，有几个乞丐竟凑了过来，显然，他们将他也当成了同类，问他在哪个"山头"，由谁"罩着"。这段流浪生活，已使王小春变得沉默寡言了，这固然由于他内心的痛苦与挣扎，但更是由于他语言上的障碍。他原本一直生活在他那个城市，从小到大，听的都是那个城市的"普通话"，因而对于各种方言，他便缺了几分沟通能力，当别人在说时，借助于情境和身体语言，他还能辨出点"东西"，而要是自己去说，便说不出个"南北"了；再说，他一说话别人听出他的口音，若是追问起来，岂不是自露马脚，因此，他便学会了装聋作哑。"装聋作哑"，王小春想到这个字眼，心里不禁一亮，眼前仿佛看到了那个被他杀死的疯子，我何不也来个装疯卖傻。于是，当那几个乞丐凑过来问了一番，见他没有反应，便动手拉扯他时，他突然一声怪笑，手舞足蹈地跳将起来，一路"疯"着走开了，使得那几个乞丐见惯不惊地"嗤"了一声，骂了一句"疯子"，便又怏怏地各自散去了。

做"疯子"的第一个好处便是王小春不再挨饿了。开始几天他可能装得不是太像，找别人要东西时，老遭白眼，后来，他灵机一动，找一僻静处，用泥往头上身上一糊，将满脸搓弄得脏兮兮的。然后，再往卖包子、卖油条的摊前一站，伸出双手，不说一字，只"嘿嘿"地一个劲傻笑。嗨，这办法还真有效，那老板立即就递上了两个包儿一根油条的。他呢，伸出一双手，一抓五个黑印地接了，一边啃着一边在本已围过来的顾客们一个个捂了鼻子自动闪开的夹道中，走开去。如是者三，摊主都算服了这个疯子，只要他远远地过来了，便立马拿出吃食递过去；他呢，接了，也不讨人嫌，立马便走人。因而，倒也落得清闲，只是夜晚挨点冷。但这与小命相比，却已是忽略不计的了。

　　然而，王小春毕竟不是"疯子"，他无时无刻不在注意着自己那座城市的"新闻"。利用"疯子"的身份，他几乎不费什么力气，便能得到他那座城市出版的旧报，虽然时间上迟了些，但对他来说，"时效性"不是第一，第一的是他有种强烈的想了解那座城市的渴望。这一天，他如往常一样，先是将看过了的报纸往地上一铺，然后躺上去，翘起一条没穿鞋的脏脚，又一张张地看起才拣来的纸报。突然，一则"寻人启事"一下牵住了他的眼睛，因为那被寻的人，正是他马小春，而寻人的人，竟是他的妻子。他将报纸连看了好几遍，启事上说希望他看到报后能尽快回家。王小春的心就"咯噔"了好几下，想："看来她被抓了，这份启事，肯定是警察让干的；真的疯子才会自投罗网呢。"

　　于是，尽管心里十二分地惦念着妻子，但是王小春还是继续安心地做他的"疯子"。而这一做，转眼就做了一年多；他呢，也成了远近闻名的疯子，大街小巷，大人小孩，都晓得他是个疯子。可是，忽然的某一天，说是要"净化"社区，"美化"市容，一大群警察，将所有的乞丐全给抓了，并要遣送。那些乞丐自然好"送"，他们神志清醒，能说出所在的省、市、县，可像王小春这样的疯子，警察却没辙了，于是，一车将他和真疯子们送进了社会福利院。福利院里比大街上乞讨当然要好多了，有吃有喝，还有衣穿。可是，这种"好"没多久，麻烦就来了：精神病院的专家们竟要义务地来给他们进行治疗。那些真疯子倒无所谓，可王小春怎么办呢？他可是假冒的呀，要是一查，还不露馅？于是，王小春听到消息后，几次三番地想逃，但都不幸，每次他偷逃出来还没跑出五十米，就被管理人员发现，像抓真疯子一样地给抓了回去。结果可想而知，专家来后一检查，他的原形毕露了。

毕露原形了的王小春被公安机关移送回了原籍。

可是，令王小春十二分没想到的是，在车子到站后，迎接他的竟是他的妻子，而且，从车上下来后，也就没再"有人"过问他，与他想象的一下车就被戴上手铐，铆上脚镣，打进死牢一点儿挨不上边。在一阵惶惑而不安之后，他来不及与扑过来的妻子拥抱亲热，而是压低声音急急地问了一句："这不是马上就要枪毙吧？"妻子流着喜泪捶了他一下，说："哪呢。你，你让我找得好苦啊——""找我？""嗯。""可是——可是，我们不是杀了那个疯子后一起逃的吗……"妻子听后，竟然笑了，说："说来话长，我们边走边说吧。"

原来，那天他们慌慌张张地逃到车站，由于人多拥挤，王小春毕竟是男人，力气大，一下就挤了上去，而他妻子呢，挤了半天，也没挤上前，等好不容易挤到车门口，发车铃却响了，列车员说了一句"等下趟车吧"，就"呼啦"一下将车门给关上了，这样，她便只好眼巴巴地看着列车载着王小春远走他乡了。望着人来人往，他妻子无语凝噎，任泪水顺着脸颊，滴入脚下，直到站上的巡警发现她异常走过来问她是否需要帮助时，她才一个恍悟，转身想跑，但刚迈出两步，便又停住了，意志使她做出了一个非常清醒的"重大"决定：她要自首。于是，她返回身，对着巡警，将双手往前一伸，说："我杀了人，铐上我吧。"当然地，她被立即带到了派出所。坐在凳子上，面对着警察，她十分平静，一五一十，将她与丈夫如何回家，如何杀了疯子等情况如实地进行了交代。警察听后，将手一挥，说了声："走，立即去现场。"来到现场，警察跳下车，直奔疯子；一检查，疯子还没死，有救。于是，急救中心的车很快便将疯子拉走了。

万幸，疯子没有死，被救了过来。

但过了几天，又传来了更加"万幸"的消息，那个疯子，是假的，原来是个抢劫在逃犯，属挂牌缉捕对象。那天抢劫王小春夫妇，据他交代，不是疯闹，而是早有预谋，真的打劫，因为他知道，他是逃犯，不能"胆大妄为"，一下抢个万儿八千，只能"谨小慎微"，一次弄个百儿八十，万一被抓住，就装疯卖傻，反正现在的身份是个"疯子"，况且，数额又不大，估计不会出什么大纰漏。于是，那天便正好撞上了他们夫妇。

真相大白，妻子便无罪获释；而王小春呢，根据彼时情形，当属"自卫"，免除了刑事责任。回来了的妻子，便开始四处寻找起了王小春，墙上张贴启事，广播播出启事，直至报上刊登启事。可是一直杳无音信。今天妻子正在家里痴痴地想着她与王小春的那段美好时光，突然派出所打来电话，说让她去车站将王小春领回来，真是喜从天降。

听完了原委，王小春愣了半天，突然地，"哇"一声捂住脸大哭了起来，哭得酣畅淋漓，不知是为了与妻子的相逢，还是为了他这一年多的"疯子"生涯，抑或是为了免除他的刑事责任。

— *End* —